COLLECTION FOLIO

pour Catherine - 2 juillet 2011 -

Erri De Luca

Sur la trace de Nives

Traduit de l'italien
par Danièle Valin

Gallimard

Erri De Luca est né à Naples en 1950 et vit près de Rome. Venu à la littérature « par accident » avec *Pas ici, pas maintenant*, son premier roman mûri à la fin des années quatre-vingt, il est depuis considéré comme l'un des écrivains les plus importants de sa génération, et ses livres sont traduits dans de nombreux pays.

En 2002, il a reçu le prix Femina étranger pour *Montedidio*, en 2013, le prix européen de Littérature et le prix Ulysse pour l'ensemble de son œuvre, en 2014, le prix Jean Monnet de littérature européenne pour *Le tort du soldat* et, en 2016, le prix du Livre européen pour *Le plus et le moins.*

Je soulèverai mes yeux vers les montagnes

PSAUME 121, 1

Porteurs

Notre monde repose sur les épaules de l'autre. Sur des enfants au travail, sur des plantations et des matières premières payées bon marché : des épaules d'inconnus portent notre poids, obèse de disproportion de richesses. Je l'ai vu.

Dans les ascensions qui durent bien des jours vers les camps de base des hautes altitudes, des hommes et aussi des femmes et des enfants portent notre poids dans des hottes tressées. Tables, chaises, vaisselle, tentes, cuisinières, combustibles, cordes, matériel d'escalade, nourriture pour plusieurs semaines, en somme un village pour vivre là où il n'y a rien.

Ils portent notre poids pour le prix moyen de trois cents roupies népalaises par jour, moins de quatre euros. Les hottes pèsent quarante kilos, mais certains en portent de plus lourdes. Les étapes sont longues, elles fatiguent le voyageur avec son petit sac à dos et le minimum nécessaire.

Des porteurs de tout notre confort marchent avec des tongs ou bien pieds nus sur des pentes qui manquent d'oxygène, la température baissant. La nuit, ils campent en plein air autour d'un feu, ils font cuire du riz et des légumes cueillis dans les parages, tant que quelque chose sort de terre. Au Népal, la végétation monte jusqu'à trois mille cinq cents mètres.

Nous autres, nous dormons dans une tente avec un repas chaud cuisiné par eux.

Ils portent notre poids et ne perdent pas un gramme. Il ne manque pas un mouchoir au bagage remis en fin d'étape.

Ils ne sont pas plus faits pour l'altitude que nous, la nuit je les entends tousser. Ce sont souvent des paysans des basses vallées de rizières. Nous avançons péniblement en silence, eux ne renoncent pas à se parler, à raconter, tout en marchant.

Nous habillés de couches de technologie légère, aérée, chaude, coupe-vent, et cetera, eux avec des vêtements usés, des pulls en laine archiélimés : ils portent notre poids et sourient cent fois plus que le plus extraverti de nos joyeux compères.

Ils nous préparent des pâtes avec l'eau de la neige, ils nous ont même apporté des œufs ici, à cinq mille mètres. Sans eux, nous ne serions ni agiles, ni athlétiques, ni riches. Ils disparaissent en fin de transport, ils se dispersent dans les vallées, juste à temps pour le travail du riz et de l'orge.

(*Hellzapoppin*)

C'est l'heure de fin de journée, quand on se glisse dans la tente sur l'espace de neige ou de roche que nous avons aplani. On se souhaite une bonne nuit en sachant que l'insomnie sera la plus forte. Le repos vient aussi en écoutant la respiration régulière de celui d'entre nous qui arrive à dormir.

Du sac de couchage ne sortent que des lèvres pour respirer. Nous échangeons quelques mots pour arriver au sommeil, du moins à un petit écroulement. C'est moi qui commence, dans les conversations avec Nives j'avance en premier de cordée.

E : *Hellzapoppin*, le film, tu l'as vu ?

N : Oui, marrant.

E : Hell is a poppin, l'enfer c'est de la rigolade. T'es-tu jamais trouvé dans un tel pétrin qu'en comparaison l'enfer c'est de la rigolade ?

N : Quelquefois, mais ensuite, une fois en bas, elles perdent du poids et elles deviennent drôles, les histoires dont on sort entiers. Quoi que tu aies vécu, tu es là en train de raconter tes mésaventures.

La première qui me vient à l'esprit, c'est la descente du Nanga Parbat, en 1998. C'est une longue paroi, plusieurs jours à haute altitude. Romano et moi avions réussi à l'escalader au cours d'une journée épouvantable.

Le mauvais temps nous avait déjà bloqués plusieurs jours sur la paroi. Au dernier campement, le soir précédant la course vers le sommet, je revois Romano, une lampe de poche dans sa main tendue hors de la tente pour montrer la direction de la descente à des alpinistes colombiens. Là, on avance au milieu de gigantesques blocs de glace en suspens. Tu t'y perds comme dans les ruelles d'une ville d'Asie. Tu passes au milieu d'immeubles de glace entassés pêle-mêle.

Le jour suivant, ou plutôt à l'aube, nous sommes partis vers le sommet. Autour de nous se condensait une tempête à sec. C'est-à-dire qu'elle est électrique, autour de la tête se forme une auréole de courant qui raidit les cheveux et fait fourmiller le corps. Le geste le plus instinctif est de lâcher le piolet pour ne pas attirer la foudre. C'est juste, mais absurde, sans piolet tu ne montes ni ne descends. Il nous fallait décider quoi faire. La foudre à huit mille mètres c'est rare, mais ça existe et elle a tué des alpinistes. Dans nos Alpes, avec les mêmes conditions d'électricité de l'air, c'est une pluie d'éclairs qui serait tombée. Nous avons choisi de continuer.

Nous sommes arrivés en haut les nerfs en pelote, les cheveux dressés qui tiraient sous la capuche, la trouille de heurter une pierre avec nos crampons et de faire jaillir l'étincelle pilote de la foudre. Ce fut une ascension électrique, le sommet atteint sous un ciel sale, d'eau trouble de vaisselle laissée à tremper la veille.

C'est moche de ne pas voir ton ombre quand tu arrives. Pour pimenter la journée, le brouillard nous attendait dans la descente et là, il a fallu l'extraordinaire sens de l'orientation de Romano qui a un cerveau d'oiseau migrateur et sait trouver sa route même à l'aveuglette.

Dans la descente, nous criions pour nous signaler à un camarade parti derrière nous du dernier camp. Nous l'avons trouvé emmitonné dans le brouillard, il décida de descendre avec nous. Il n'avait plus que cent cinquante mètres de dénivelé et il prit la bonne décision. Il était seul et en montant dans ce brouillard il risquait de se perdre cinq fois sur six. Nous sommes descendus ainsi à la tente du soir précédent. Ce n'était pas fini. Non seulement parce que nous en avions encore pour deux jours de descente, mais parce que Luca (Vuerich), monté ce soir-là à la dernière tente pour faire le sommet le lendemain, allait mal. Le matin suivant, il ne tenait pas sur ses pieds, donnait des signes d'œdème cérébral. C'est une des complications dont on meurt en altitude. Nous avions des ampoules de cortisone, Romano lui en injecta deux. Nous attendîmes pour voir si elles faisaient de l'effet. Il le fallait, nous ne pouvions le redescendre de là ni le porter sur le dos. Nous avions une traversée de deux kilomètres à faire en pleine paroi, nous étions à plus de sept mille mètres. S'il ne se remettait pas sur pied, c'était la galère. Romano et moi étions crevés morts. Luca réagit, au bout de quelques heures il arrivait au moins à se tenir debout. Ainsi, un devant lui et un derrière, nos bâtons à l'horizontale pour qu'il appuie ses mains, avec un équilibre d'ivrognes, un pas après l'autre, a commencé notre retour sur la traversée de deux kilomètres de la combe de Bahzin du Nanga Parbat. Nous portions sur le dos notre chargement de tente, sacs de couchage, casserole et réchaud, en somme toute la maison que nous prenons avec nous et que nous rapportons.

Ce fut une marche de résistance nerveuse uniquement, je n'avais pas d'autre force que celle-là, nous étions depuis huit jours sur cette paroi. Nous sommes arrivés le soir aux tentes du camp à six mille huit cents et ainsi prit fin notre marche de retour. Le matin suivant, Luca avait récupéré et il descendit seul, il fut même le premier d'entre nous à poser le pied au camp de base, à quatre mille mètres.

E : En suivant tes pas, j'essaie de comprendre à quel animal tu ressembles. Depuis que j'escalade, que je grimpe, j'ai de l'estime pour toutes les créatures qui le font mieux que moi, de l'araignée à l'orang-outan. J'admire l'absence d'effort, l'élégance qui est toujours le résultat d'une économie d'énergie. Je pense aux animaux par désir de leur perfection. Ce sont mes patriarches, mes maîtres.

(*bêtes*)

N : Je pense ressembler à l'animal homme, une variété non spécialisée, bonne à faire un peu de tout. J'apprécie peu les poissons, les oiseaux, qui ont un avantage déloyal dans la course contre la loi de la pesanteur. C'est notre lest. À haute altitude, l'air pèse moins, mais nous portons toute notre maison sur le dos. Nous sommes les escargots des sommets. Nous montons avec tout notre attirail, de la tente à l'allumette, du thé aux médicaments. Nous sommes de somme, c'est pourquoi j'ai une préférence pour les animaux de charge, chameaux et yacks. J'aime leurs pas pensifs à quatre pattes, les deux de derrière qui vont par cœur sur la prise laissée par celles de devant. En montée, ils réfléchissent sur les pierres, ils appuient leurs pattes postérieures pour faire un essai, ils évaluent la prise, puis y confient leur poids.

Ce sont des bêtes pacifiques, mais le yack a son moment de fatigue et alors il peut encorner, ou bien te pousser dans le vide sur un sentier étroit. Quand on les croise dans un endroit escarpé, on se met sur le côté, en amont, on lui cède le pas. Le yack, le chameau m'émeuvent. Là où la végétation s'arrête, il n'y a plus que leurs bouses à brûler. Et elles chauffent, non pas comme le bois, mais bien quand même. Et ça ne sent pas si mauvais. Quand il fait froid, tu n'y prêtes pas attention.

J'ai monté mon premier chameau en 1994 au K2, quand nous avons tenté le versant nord, chinois, qui n'est pas celui qu'ont escaladé les Italiens en 1954. Le chameau est une bête qui impose le respect, sinon il crache et lance des coups de pied, même de côté. Il a un petit coussin sous les pattes, une allure silencieuse même sur les pierres. Il porte son chargement sur sa bosse et son passager au sommet. De là-haut, la première fois j'ai eu un peu le vertige, risible pour quelqu'un qui escalade les montagnes les plus hautes.

Pour monter sur le chameau, le porteur lui fait baisser la tête jusqu'à terre, puis il te fait grimper sur son cou et d'un léger mouvement, d'ascenseur, l'animal te dépose au sommet. Pour descendre au contraire on s'accroche le long du chargement.

Sur la bosse du chameau on traverse des gués qui, au dégel, en Chine, sont effrayants. Les torrents gonflés charrient des pierres et même des rochers. Un vacarme de tempête et tu te trouves perché sur le chameau qui avance au milieu de l'eau violente, des tourbillons et des coups du courant qui refluent. Le chameau n'a que la tête hors de l'eau. Les animaux sont attachés entre eux à la file par une corde qui passe dans l'anneau du nez. Ce sont des moments de peur, je suis là-haut et je ne peux rien faire, seulement espérer ne pas être emportée.

Le soir, ils sont libres d'aller pâturer le peu

qu'ils parviennent à trouver entre les cailloux. Les chameliers sont musulmans, jeunes, ils font un très beau salut, ils posent d'abord la main sur leur cœur puis te la tendent. Et ils chantent en chemin, mais pas ensemble, chacun pour soi.

Tu te tais, tu penses aux chameaux ?

E : Non. Il y a un beau silence.

(*une personne*)

N : C'est une nuit heureuse, il n'y a pas de vent. On peut parler, alors que, s'il y en a, on ne peut que l'écouter. Ceux qui fréquentent ces altitudes savent quelle sorte de despote est le vent. Il agresse les tentes, arrache, vole, fait plus de vacarme qu'un drogué en manque. Certaines nuits passées à s'agripper aux piquets de la tente, pour leur donner plus de poids et ne pas se faire balayer par ses rafales, à rester là étourdis par son vacarme, et s'habituer au point de ne plus l'entendre et t'apercevoir qu'il est là, uniquement quand il s'arrête un moment. Il fait une pause, un silence qui précède un nouvel élan.

Le vent est une personne. Je lui parle, je raconte, je pense qu'il veut même écouter un peu. Je commence à chuchoter quelque chose, une prière, un bout de chanson et il me semble qu'il m'écoute, qu'il s'arrête un peu. Ou bien il crie plus fort en réponse, pour raconter à son tour. Sa fureur est un désir d'être écouté.

À haute altitude, le vent est le maître du temps. Quand il fait beau et qu'il y en a dehors, tu ne sors même pas pour faire pipi. Et pourtant, il faut sortir, pour vérifier les piquets, ramasser de la neige à faire fondre sur le réchaud. Avec ta combinaison matelassée sur le dos, trois couches de vêtements, tu es une balle en caoutchouc et le vent frappe sur toi comme une queue de billard et il te traite comme une bille, il veut t'envoyer dans le trou. Alors je lui dis : fais attention, c'est dans la tente que je dois aller et non pas dans le précipice par où je suis montée, laisse-moi donc faire ma récolte et puis je me glisserai toute seule dans mon trou. Et lui m'applique toujours un coup sur les fesses ou une bonne claque. Le vent est une grande personne ici, un despote, mais il accepte les ripostes. Au fond, nous lui tenons compagnie.

E : « Et il marche sur des hauteurs terrestres », écrit Amos, prophète, à propos de son dieu solitaire. Il faut avoir la dioptrie infaillible d'un visionnaire autorisé pour reconnaître un dieu au-dessus des sommets.

Des fentes étroites de mes yeux, j'ai vu et je vois seulement le vent, qui est peut-être une de ses traces secondaires. Je l'ai vu passer et repasser comme un fouet sur le crâne et le cou de sa majesté l'Everest, balancer sa neige au ciel. Il vient du Tibet et, quand il ne veut pas, il ne permet à personne de lui tenir compagnie.

Les peuples qui vivent au pied des montagnes ont souvent placé les divinités sur les sommets, non pas pour les honorer depuis leur niveau inférieur, mais plutôt pour les tenir à distance. Les Grecs, les Tibétains ont respecté leur isolement, ils ne sont pas montés sur ces montagnes. Avant les Anglais, au début du siècle passé, personne n'avait fait un pas sur le glacier de l'Everest. Quand ils se mirent à le faire, les premiers accidents mortels confirmaient le mécontentement des dieux pour la visite. Mais ensuite, leur enceinte a été dépassée, le domicile Everest-Chomolungma-Sagarmatha (trois noms pour un roi, c'est le minimum requis) a été piétiné jusqu'au dernier étage par plus de mille bipèdes avec des crampons aux pieds.

Maintenant, il reste le vent comme barrière entre les dieux et les hommes. Tu dis que tu lui tiens compagnie. C'est une intimité que je ne connais pas. À ces altitudes, je suis un intrus et je n'arrive à m'imaginer aucune familiarité.

Le vent est un videur, mais j'irai avec lui bras dessus bras dessous. Tu es de cette espèce qui déplace les limites, élargit le territoire. Tu arrives à murmurer des comptines dans les tempêtes, à faire bouillir le thé, agrippée à l'armature de la tente pour la maintenir au sol.

N : N'exagère pas, ce sont des gestes obligés. Tu vois les petits drapeaux suspendus, les chiffons mis à flotter au vent dans les hauts villages, sur les cols, les sommets ? Ils servent à tenir compagnie au vent. Ici, on l'appelle « awa », mot composé seulement de voyelles : l'étoffe qui s'agite ajoute des consonnes au vent. Ce n'est pas moi qui ai inventé l'intimité avec le vent.

E : Je n'ai pas connu de grands vents. Mes mistrals, siroccos, libeccios dressent des crêtes en mer, chipent la lessive des balcons, déglinguent des fenêtres, rien de plus. Mes tramontanes desquament les mains de ceux qui n'ont pas de gants, cassent des tuyaux. J'ai perdu un mimosa, abattu comme un grand mât, toutes voiles en fleur. Chez moi, le vent pousse doucement. Le vent de l'Écriture sainte, le premier, souffle doucement lui aussi. Au verset deux, avant même l'avènement de la lumière, l'hébreu parle d'un « rùah/vent » qui voyage avec des ailes, « merahèfet », qui volette au-dessus des visages de l'eau. Alors que tous les verbes de ce début du monde sont au passé, pour le vent le verbe est au présent, pour dire qu'il ne cesse pas. Il passe au-dessus du monde tout juste fait et il égalise son poil comme une caresse. « Rùah Elohìm », vent d'Elohìm, est une brise de réveil.

N : Ici, c'est un vent d'insomnie. Quand il se met à courir à cent à l'heure et qu'il apporte beaucoup de neige, même s'il est midi, c'est la nuit, une obscurité qui te tape sur les nerfs parce qu'elle est faite de blanc. Ici, le vent s'invente des amas de neige et de glace hors de toute règle de pesanteur, il forme de grosses boucles, de gigantesques bigoudis sur les parois à pic.

Quand il neige très fort, c'est pratique qu'il passe avec son balai pour secouer des avalanches sur les pentes. Nous attendons qu'il fasse son travail. Sur le sommet du Lhotse, à huit mille cinq cents, il est si brutal qu'il n'y a presque pas de neige sur les cinquante derniers mètres d'escalade.

Voilà, je ne sais pas quand j'arrêterai de grimper, avec quels résultats, combien de sommets atteints et redescendus, mais à la fin je dirai que j'ai tenu compagnie au vent. Nous, là-haut, nous l'embrassons comme personne ne peut le faire.

E : Tu tiens à dire : des sommets atteints et redescendus.

(*le point le plus lointain*)

N : Bien sûr, je le dis pour la bonne règle, un sommet atteint ne suffit pas. Il faut le redescendre avec la fatigue à son comble, la sensation de vide que te donne l'arrivée là-haut. Descendre, c'est défaire la montée, découdre tous les points où tu as mis tes pas. La descente est un effacement. Tu repasses sur ces lignes abruptes pour t'enlever de là.

Bien des alpinistes restent dans le piège du décousu, bien des accidents arrivent en descente. Le désir physique violent de sauter un pas, de l'allonger un peu, de le hâter par besoin famélique d'oxygène, la prière du corps pour rentrer... et si le vent se met aussi à remplir tes pensées, alors tu peux déraper. Ce qui compte pour moi, c'est le salut permanent d'avoir près de moi Romano, homme de neige, qui la feuillette comme un livre, la lit au premier coup d'œil, sait où il faut la chercher et par où la contourner. On dit de Romano que c'est une bête, pour la force qu'il déploie plus il monte. Mais pour moi, là-haut, Romano est pur esprit, un souffle qui m'ouvre la voie vers le sommet. Romano est la trace qui, même lorsqu'il s'éloigne à son rythme furieux de montée, réduit pour moi la friction de l'air, comme cela arrive à l'oiseau migrateur placé sur le V de la volée. Romano est là-haut, c'est mon échelle. Puis, il y a Luca, le magicien du glacier, qui passe même sur du verre et qui n'a besoin que d'un dixième de centimètre pour la pointe du piolet et du crampon.

Sommets atteints et redescendus : ils sont le point le plus éloigné de chez moi. De là-haut, je regarde le tour de l'horizon et je m'arrête un peu plus longtemps en direction du point cardinal d'où je viens. Je résiste au désir de gesticuler et d'agiter un mouchoir comme le font les naufragés vers les bateaux qui passent au loin. Au sommet, je suis prise de la nostalgie de ma maison. Chez moi, je pense au jour du sommet, mais si j'arrive bien à me rappeler l'effort pour sortir de la tente, l'anxiété de respirer à huit mille mètres, je ne revois pas le petit espace du sommet. Les sommets s'enfuient du souvenir, ils ne se laissent plus visiter. Je les confonds déjà. Peut-être puis-je distinguer ceux avec vent et ceux sans.

Une cime himalayenne sans vent est muette, une église vide. Sans vent, c'est comme si le créateur du monde s'était retiré pour nous laisser un espace. Le monde, tout autour et au-dessous, est immobile, figé, nous au terminus du dernier gradin, nous respirons ce trente-six pour cent d'oxygène que nous ne devons plus doser dans nos muscles, car il n'y a plus rien à grimper : sans vent tu voudrais t'arrêter. Il vaut mieux qu'il y en ait et qu'il persuade de redescendre au plus vite.

(*sommet*)

Je pense au Lhotse, le dernier escaladé au cours de l'année de pointe, de juillet 1993 à mai 1994 : quatre sommets autour de huit mille mètres. Le Lhotse est le plus haut, à huit mille cinq cents. La portion la plus dure est celle des couloirs des derniers cinq cents mètres. Ils n'en finissent plus, j'arrive au sommet d'un couloir et puis il y en a un autre, et encore un autre, un jeu de gradins qui se resserrent et se cabrent jusqu'à un étranglement, un entonnoir d'un mètre et demi environ. On doit passer en plantant ses crampons, les jambes cassées sur les deux bords. Je me suis arrêtée. J'étais à huit mille quatre cents, il était sept heures, depuis cinq heures du matin je faisais rentrer l'oxygène de toute la puissance de mes poumons. Romano et Luca étaient déjà passés. Au-dessous de moi, il y avait le vide de deux milliers de mètres de la paroi du Lhotse, une distance faite de deux cent mille centimètres, et pas un seul n'était un cadeau. Au pied de l'étranglement de ce dernier couloir, sans savoir s'il y en avait encore, j'ai puisé dans mes réserves de calme. Là, ce n'est plus la force ni la résistance qui sont nécessaires, mais une douce sérénité dans les nerfs, dans les doigts. Un bout de rocher glacé dépasse qu'on doit nettoyer en grattant avec le piolet et qui sert ensuite de prise sans approximation, juste où il faut. Il vaut mieux que tes lunettes ne se brouillent pas à ce moment-là ou qu'en se rompant quelque chose ne t'oblige à te dépêcher. Il vaut mieux que tu disposes de tout le calme amassé au cours des autres ascensions, de tout ton patrimoine de confiance. Ainsi ai-je planté mon piolet, poussé avec mes crampons contre les deux faces de l'étranglement, j'ai vu une étincelle due au frottement du fer sur la roche. Je replante mon piolet au-dessus du bord, je sens mes abdominaux qui se contractent et je suis hors du couloir d'un coup sec, un genou maladroitement posé sur lequel je m'étale. Ma respiration est devenue un râle, je plonge la tête dans mes bras et je reste tout essoufflée au moins deux minutes. Je n'ai même pas vu si je suis sortie du dernier gradin, s'il y en a encore. Puis, j'entends les voix de Romano et de Luca, je relève la tête et je vois que je suis au pied de la pyramide terminale, un pierrier délité qui mène au sommet, où flottent au vent les habituelles bandes de drapeaux déchirés. Il ne reste plus environ que cent mètres de dénivelé, tu les paies tous mais tu les sens moins. Quand tu vois où finit le voyage, tu les aimes ces pas, tu les ajoutes avec la touche de grâce qui te fait mettre des fleurs sur la table un jour de fête.

Les pas qui conduisent au sommet sont à bout de forces et pourtant légers, tu es au point d'usure maximal du corps, de la perte de poids, de muscles et de cellules cérébrales, tu es au bourdonnement de ruche dans ton corps, un bruit de fibres qui s'agrippent entre elles, compactent les tissus : le sommet, enfin. C'est la plus sûre des limites sur laquelle tu mets les pieds. J'ignore ce qu'est pour un prisonnier le jour de la fin de sa peine, ce qu'est pour un malade la venue de l'aube, ce qu'est pour un écrivain le dernier mot de son livre, mais je crois que tout ça doit ressembler au sommet, la promesse tenue à l'enfant qui trépigne en chacun de nous.

Là-haut, je ne gesticule pas, je n'ai aucun accès de joie débordante. Je souffle plutôt, je prends des clichés pour ma documentation, pour notre souvenir, mais les bras baissés. Je n'aime pas éclater de joie sur les sommets. Tu sais qu'il n'y a même pas une seule photo d'Hillary sur l'Everest lors de cette première ascension de 1953 ? Hillary avait un appareil et il a photographié Tenzing sur fond de profils montagneux, mais il n'a pas demandé à Tenzing de le prendre en photo. Ce n'est pas curieux, ça ? Hillary était là-haut au nom de la collectivité, il n'était qu'un représentant de l'espèce humaine. J'ignore s'il a eu la tentation de passer l'objectif à Tenzing. Je sais qu'il ne l'a pas fait et pour moi ce déclic raté est le plus beau de tous, un signe d'humilité qui donne la priorité à l'exploit, non pas à celui qui l'accomplit. Ce grand échalas osseux néo-zélandais d'un mètre quatre-vingt-douze ne s'est pas fait prendre en photo au sommet de l'Everest. C'est pour moi une leçon.

À lui seul, le Lhotse te donne aussi une leçon. C'est le quatrième sommet de la Terre, mais lorsque tu y arrives, tu as l'impression de t'être trompé de montagne. De loin déjà il se voit peu, au sud il est caché par le Nuptse, puis tu es enfin dessus et, au lieu de l'horizon largement ouvert que tu mérites, tu es écrasé par les deux cimes de l'Everest, celle du sud qui domine de ses huit mille sept cents mètres, et derrière celle du nord, encore plus haute. Le Lhotse t'exaspère, mais il te donne une leçon d'humilité : même les géants baissent la tête. Depuis son sommet tu vois de bas en haut les alpinistes qui se trouvent sur l'Everest, une bonne marche au-dessus de toi. Même si l'ascension du Lhotse est plus dure que celle d'en face et si ses clients sont bien moins nombreux, ton effort te semble se terminer au mauvais endroit. Nous avons éprouvé un sentiment du même genre sur la face nord du K2 quand nous avons tenté une nouvelle voie et que nous sommes arrivés en haut d'un éperon que nous croyions rattaché au vrai sommet et qui au contraire en était séparé par un abîme. Mais là, c'était nous qui nous étions trompés, tandis que sur le Lhotse j'ai trouvé injuste le destin qui a placé la quatrième montagne du monde ainsi, plus bas que la première.

Ce sont des pensées sans gravité, je le sais, des pensées à court d'oxygène, je les dis tout de même, elles font partie des soupirs que j'ai poussés là-haut. Puis, en descendant des couloirs du Lhotse, j'ai eu un étourdissement et Romano et Luca m'ont aidée et ont sauvé ce bout de vie qui continue et s'offre le luxe de pouvoir se raconter. Oui, raconter est un luxe, privilège de qui a pu descendre, en refaisant jusqu'au bout le voyage, arriver au point de départ, s'asseoir dans un restaurant de Katmandou ou de Skardu, mâcher un steak, boire une bière, oublier, puis raconter : à toi et à ceux qui viennent à une projection de diapositives, car c'est ma façon de payer mes voyages, en organisant des soirées un peu partout.

Raconter est un luxe et moi je ne suis pas très forte pour dire ce qui s'est passé. Forcer l'imagination d'une personne qui t'écoute, la forcer au point de la mettre ne serait-ce qu'une minute dans ta peau là-haut, lui faire entendre le vent, le bruit de la neige écrasée par tes crampons qui la rongent par moins quarante, l'aube qui déglingue l'horizon de l'est en le déchirant comme on ouvre une lettre, parvenir d'un coup de tension, de chance à faire partager un bout de tout ça avec quelqu'un qui t'écoute : c'est un grand luxe.

Toi, tu es un écrivain, ça te semble naturel, tu es dans ton courant, mais moi ce n'est que par erreur, par hasard, que j'arrive à mettre une personne à côté de moi quand je raconte mon voyage.

Et puis, ce qui me pèse le plus c'est la pensée d'être un reste de paroles d'autres personnes, que d'autres ne peuvent plus dire. C'est une responsabilité qui me gêne, car je raconte mes histoires pour eux aussi, les absents. En montagne on meurt, en volontaires certes, envoyés par personne, chacun est un envoyé de soi-même et on meurt, même les meilleurs, les plus rapides, les plus forts. Et donc je pense que mes histoires sont aussi les leurs, que je les rapporte et les retiens, et lorsque je remue les lèvres, les leurs remuent également et, tout en parlant, je suis saisie par un effet choral, prise par le vertige de raconter, je souffre de vide sous les mots, je ne sais pas comment dire.

(*le sonore*)

E : Je ne sais pas si tu as escaladé la paroi nord de la Cima Grande du Lavaredo. Au milieu, entre la Cima Ouest et la Piccola, un peu en forme d'arc, elle fait l'effet d'être dans un théâtre minéral où même la respiration est bruyante et résonne dans l'acoustique parfaite. Là, engagé sur la paroi, j'ai entendu le cri d'un premier de cordée qui tombait, un Espagnol je crois. Il était une cinquantaine de mètres au-dessous de moi. Après avoir tapé contre le rocher, le piton l'a retenu et il est resté suspendu un moment à gémir, puis son compagnon a réussi à le faire descendre au sol.

Ce cri dans le théâtre de calcaire des parois nord durcit mes prises une bonne heure durant, je les serrai avec plus de force, plus de gaspillage. Aujourd'hui, je sais que c'était un son juste, un solo sonore, un mi mineur net, une note de base sur laquelle accorder un instrument. Au moment du risque, d'un danger, notre corps devient involontairement musical. Dans une guerre que j'ai connue, j'ai vu la sirène d'alarme s'emparer des gestes des hommes, les faire courir au même rythme, en essayant de s'abriter à temps.

D'une chambre d'hôtel de Belgrade en mai 1999, j'ai vu les aubes. Mon siècle se fermait avec l'Italie qui bombardait les villes de la Yougoslavie et moi je ne voulais pas être du côté des bombardiers. Je suis allé à Belgrade ce printemps-là pour être du côté de la cible. J'étais seul. Pendant les raids aériens de la nuit, je restais à la fenêtre, je ne descendais pas dans les abris. Ces aubes de mai étaient roses, couleur de cicatrice fraîche. Quand la plus douce des couleurs te rappelle une blessure, c'est que tu as atterri bien loin. De cette fenêtre, le monde était illisible. Dans les entailles ouvertes par les bombes à l'intérieur de la ville, il n'y avait aucune lettre, aucune initiale. J'ai appris différents alphabets, un beau répertoire de signes, et je suis entraîné à reconnaître dans la forme d'une branche, d'une pierre, une consonne, dans la forme d'un os, une voyelle. Dans le dernier printemps du siècle, Belgrade était une machine à écrire frappée à coups de marteau. Je voyais un alphabet cyrillique en miettes.

Elle n'était pas à une grande hauteur, cette fenêtre, seulement au huitième étage, escaladé à pied faute de courant ou parce qu'il pouvait manquer subitement. Pourtant, de là je me penchais sur l'absurde tempête d'un bombardement aérien au-dessus d'une ville, sur les missiles lancés par des porte-avions sur les habitants. En montagne, il m'est arrivé de voir la foudre frapper contre les parois et le sol : là-haut ils étaient justes, des coups de ciel qui cherchent l'âme de fer des rochers, entailles aussitôt lavées à grande eau par une averse, aussitôt désinfectées. En montagne, pendant un orage, je pense que c'est la terre qui demande la décharge de la foudre. À Belgrade, la terre demandait au ciel de se fermer à double tour et de ne plus rien faire pleuvoir. Elle demandait au ciel un barrage de bouclier. En montagne, la terre s'ouvre toute grande à la pluie, à la grêle, à la neige, les montagnes applaudissent les éclairs par des décharges de pierres. Les éboulis qui se trouvent à la base des Dolomites sont une mer d'applaudissements, de roche desquamée, blanche dragée, un calcaire de noces.

Moi qui suis un visionnaire, prêt à déraper, à Belgrade je ne voyais en revanche que vie démolie, pierres désintégrées par outrage. Ici, un éboulement de pierres, une avalanche, sont des battements du temps de la terre et ils racontent que les montagnes ont une ère assignée et qu'elles se défont peu à peu. Celui qui entend une seule décharge de pierres tomber d'un flanc de montagne est témoin de leur effritement sans fin. Ici, la destruction est nette, un effondrement sans volonté de faire souffrir. J'arrive à dormir au milieu de ces éboulements, alors qu'à Belgrade les coups me donnaient honte de moi-même, de mon pays, et durcissaient mon insomnie. Les bombardements aériens sur les villes ont été la bande sonore du vingtième siècle.

J'avais des poèmes avec moi comme remède. Un poème de l'Allemand Hölderlin disait : « Mais où est le danger / grandit aussi ce qui sauve. » Je me le répétais comme une litanie. J'avais besoin de fantômes amis. J'entends dire que cela arrive aussi en haute montagne, qu'au-dessus de sept mille mètres on sent des présences. Dans sa course solitaire sur le Nanga Parbat (1953), Hermann Buhl en parle avec conviction. Des hommes qui n'ont pas la foi, comme moi, se raccrochent à de petits fantômes. C'est pourquoi je fouille avec admiration dans l'Écriture sainte à la recherche de la présence du plus colossal des fantômes, la divinité. Amos, un prophète, écrit : « Celui qui construit dans le ciel ses marches » (« Habbonè bashamàim maalotàv ») (9, 6). S'il avait vu ces montagnes, Amos les aurait reconnues comme les marches de ses visions.

(*la trace sur la Lune*)

N : Tu es plein de phrases qui se sont échouées dans ta tête, tu tournes autour d'elles, j'ai du mal à te suivre. Tu parles des marches et je pense à celles que nous creusons pour monter, la trace laborieuse dans la neige dure, entamée coup après coup par le piolet. Nous fabriquons un escalier qu'une heure de neige peut effacer, derrière nous les marches se referment. C'est beau de ne pas laisser de trace. Si je pense que les pas des premiers astronautes sur la Lune ont laissé des empreintes qui sont encore là par manque de vent et de pluie, je bénis les miens qui se recouvrent. La trace indélébile du gros soulier d'Armstrong est une idée fixe pour moi, je voudrais aller là-haut avec un balai pour l'effacer.

Des marches dans les cieux, dit le prophète : le ciel pour moi est lointain, hors de portée des pointes de nos piolets. Quand la paroi se dresse à la verticale, que je me trouve le visage presque collé dessus et que les éclats des coups giclent sur moi, alors pour me reposer, pour reprendre mon souffle, je baisse le front, je regarde au-dessous, je ne rejette pas le cou pour regarder en haut et s'il le faut j'appuie ma tête contre un bras. Ce n'est pas aux alpinistes de construire des marches dans le ciel.

E : Le ciel commence-t-il aussitôt après le sommet ou bien y a-t-il une ligne, une distance vide entre le sommet et le ciel ?

N : Bien plus qu'une ligne, il y a un abîme que nous avons souillé, il y a un sous-ciel de satellites qui tournent la nuit plus brillants que n'importe quelle étoile. Il y a notre toux qui s'envole vers le haut parce qu'elle est plus légère que l'air, il y a les bras de quelqu'un qui saute de joie, il y a notre haleine qui ne sent pas le dentifrice, il y a tous les nombres que je compte pendant que je monte, jusqu'à trente et je m'arrête, encore trente et je m'arrête, il y a cet ours du vent qui grogne après nous, la graisse que nous brûlons, les neurones qui s'éteignent par millions à cause de la pauvreté d'oxygène, entre le sommet et le ciel il y a notre décharge et notre chance d'être sur un point d'arrivée.

(*vers à soie*)

E : J'ai acheté un petit livre de proverbes népalais. L'un d'entre eux dit : la chance ne change pas les hommes, mais elle les démasque. Il me fait penser à la chanson de Vladimir Vissotski, un auteur-compositeur russe qui dit ceci : « Si tu ne sais pas si tu peux te fier à un ami, invite-le en montagne. »

N : C'est vrai, la montagne démasque. Le temps qu'on passe là-haut, plus d'un mois, dans des conditions rigoureuses, bloqués même en cas de tempête pendant des jours, fait sortir celui que tu es, l'endroit et l'envers. Au cours de ces longues ascensions, une grande partie du temps est perdue, sous la tente au camp de base ou plus inconfortablement dans des camps plus hauts à ne rien faire. Tu fais fondre de la neige pour du thé, de la soupe, tu bavardes, tu attends que dehors le temps se rétablisse pour sortir. Nous avons battu le record d'inertie en 2004 sur la face nord du K2. Alors que plusieurs arrivèrent au sommet par le sud, nous avons eu la neige sur le dos pendant deux mois. Notre espoir de pouvoir nous lancer a été bafoué tous les jours. Mais pour moi, même ce temps immobile n'est pas à mettre au rebut. On se sauve avec une histoire, une voix familière, des pâtes à la sauce tomate. En 2004, nous sommes partis début avril pour le Lhotse et nous sommes rentrés chez nous fin août après la saison au K2 : je n'ai jamais regardé ma montre pour savoir l'heure. Je ne me lasse jamais d'être là-haut, mais j'ai vu plusieurs alpinistes exaspérés. Ivan Vallejo, avec nous cette année au Dhaulagiri, l'alpiniste de l'Équateur qui a presque bouclé le tour des huit mille, disait : « La vertud principal es la paciencia. » Attendre, jusqu'à oublier qu'on attend. On passe des nuits enfermés, sans bouger pendant que le ciel baisse et vient prendre la montagne. Je suis sous la tente en train de réparer quelque chose ou de lire, car là-haut un alpiniste a le temps de vider une bibliothèque. Je ne m'oppose pas à l'écoulement de l'inertie. Certains d'entre nous la subissent, moi au contraire j'aime laisser aller le temps, les heures paresseuses d'une caravane immobile. On attend que revienne le propre, que le ciel remonte le plus haut possible et nous donne sa permission.

Ce temps qui irrite les hommes me fait plaisir, même quand il dure des jours d'affilée. En juillet et en août 2004, nous sommes restés bloqués sous la neige pendant des semaines au K2. Les hommes hurlaient d'impatience, moi je savourais le temps qui nous tenait serrés dans son poing, il émiettait nos journées dans une continuelle pénombre, et tu devais regarder ta montre pour savoir à quel moment du jour on était. Quand le temps n'est que neige et ses heures flocons qui tombent, tu sors seulement pour dégager la tente et ne pas être enseveli.

Il ne s'agit pas de patience, pour moi, elle est masculine. La patience est ennuyeuse, tu dois t'en souvenir, tu dois te l'imposer. Moi, je me sens accueillante avec le temps, quel qu'il soit en montagne, et je me sens accueillie dans son courant même quand il a l'air immobile. Là-haut, même à la belle saison, si tout va bien, nous passons la moitié du temps sous la tente. Tel est le rythme : des jours à monter et descendre avec nos chargements, puis des jours à faire les vers à soie dans le cocon des sacs de couchage.

(*baleine blanche*)

Parfois, je pense au nombre de nuits que j'ai passées sous la tente à dormir au-dessous de zéro, des centaines, au nombre de kilomètres de parois que j'ai escaladées, une autoroute, et j'ai toujours la même envie de gamine à ses premières excursions. Je ne m'arrêterai pas tant que j'aurai la santé d'y aller. J'ai mon équipe, Romano et Luca, avec eux je peux continuer sans fin. Il y a quatorze montagnes au-dessus de huit mille mètres ? Ce n'est pas assez pour moi. Aucune femme n'est arrivée jusqu'ici à boucler la boucle ? Je ne suis pas collectionneuse et, même s'il m'arrivait d'être la première à le faire, je ne m'arrêterais pas là, je chercherais d'autres montagnes, d'autres versants.

En 2000, nous avons tenté le Gasherbrum par la face nord, jusque-là inviolée. Nous voulions ouvrir une nouvelle voie. Déchargés par les chameaux, nous avons parcouru vingt kilomètres de glacier. Comme unique orientation, nous avions une photo prise bien des années plus tôt par Kurt Diemberger, l'alpiniste autrichien, et une photo de 1929 du duc de Spolète. Sur place, nous nous sommes aperçus qu'il manquait mille mètres de paroi à la photo de Kurt, et que de là descendait un monde d'avalanches. C'était un espace inconnu, personne autour de nous pendant de nombreux jours de marche, rien que nous et la face nord du Gasherbrum qui s'ébrouait continuellement. Nous avons aimé et nous aimons nous trouver dans de tels endroits, sous cette puissance colossale, furieuse, essayant de nous glisser dans une ligne de montée entrevue d'en bas et à vérifier seulement une fois dessus.

Je ne fais pas la course pour être la plus rapide sur tous les huit mille mètres. Sinon je ne perdrais pas mon temps et mes ressources à la poursuite d'une baleine blanche de paroi nord qui était vierge et qui l'est restée.

Je ne suis pas en compétition avec les autres femmes alpinistes. Si c'était le cas, mes règles ne seraient pas acceptées. Nous montons sans oxygène et sans porteurs de haute altitude. Ce n'est pas par économie, parce que nous sommes à court d'argent, mais parce que c'est notre façon de vivre là-haut, sans retirer un gramme de poids de nos épaules. Nous essayons de passer le plus proprement possible sur la montagne, avec le souci de ne rien laisser derrière nous, et de rapporter dans la vallée jusqu'à la dernière petite boîte. Nous ne laissons pas de déchets. Certaines expéditions disent se passer d'oxygène, mais elles l'apportent avec elles comme équipement de secours. Nous non, il ne fait pas partie de nos bagages.

Il s'agit de règles bien à nous, nous ne les généralisons pas et ne faisons pas de compétitions. D'autres femmes alpinistes ont d'autres systèmes pour leur collection de sommets. Si un jour je fais l'ascension de tous les huit mille, je veux me mettre autour du cou un collier de quatorze perles fines, pêchées une à la fois avec mes seules forces et mon seul oxygène, en ouvrant l'huître sans outil d'effraction. Je regrette de paraître un peu orgueilleuse, mais c'est toi qui m'as donné le surnom de tigre et alors c'est au moins en maman chatte que je défends mon choix d'escalade, celui d'obtenir les sommets à ma façon à moi.

(*Sahara*)

Et puis nous essayons d'être rapides. Sur le Lhotse, où quatre camps sont prévus, nous en avons fait deux, un à six mille quatre cents et l'autre, rien qu'une tente et un réchaud, à sept mille huit cents. Le Lhotse est un drap de neige qui se déroule sur deux mille mètres de paroi blanche. Le premier pas au-dessus du camp à six mille quatre cents m'a paru drôle : attaquer les premiers centimètres, c'est comme faire « toc toc, vous permettez ? » au mur gigantesque qui est devant toi. Les autres pas sont la suite, la confiance d'avoir obtenu une réponse, mais le premier pas vers le haut à partir du bord inférieur du drap est une combinaison de prière et d'effronterie. C'est pourquoi nous essayons d'être rapides, de rester là-haut le moins possible.

Nous arrivons à sept mille huit cents en

douze heures, l'après-midi. Il faut attendre l'aube, c'est le soir qui précède le sommet. Dans la tête sans sommeil passe tout le catalogue de ce qu'il y a à faire, et moi pour le moment je suis essoufflée, allongée dans mon sac, je suis un poisson qui agonise, rien à voir avec un tigre. Romano arrive à dormir même aussi haut. C'est vraiment son élément, là où il libère son énergie de centrale électrique. C'est même rageant de l'entendre ronfler à sept mille huit cents.

Puis l'aube enfin, pour le dernier sprint nous ne partons pas avant. Sortir du sac de couchage est l'acte héroïque de la journée, la température bien au-dessous de zéro ralentit tous nos mouvements. La thermos du soir précédent est encore tiède, gardée sous nos vêtements avec tout ce qu'il nous faut, même les seringues contre l'œdème. Dans la tente, on bouge à tour de rôle, elle est pour deux personnes, nous sommes trois, nous nous entendons bien. Pour me donner de la chaleur, je pense à la latitude de l'Himalaya, identique à celle du Sahara. Je pense : « Sahara, Sahara », et je trouve un peu de chaleur. Je ne le dis pas tout haut, c'est déjà assez comique comme ça une femme emmitouflée dans ses épaisseurs de vêtements qui se démène pour enfiler ses gros souliers, qui met un quart d'heure pour bien attacher ses crampons dans le gel de haute altitude, sans qu'on entende aussi son « Sahara » d'encouragement.

Pourtant ça marche, je me glisse hors de la tente comme je glisse le long du parallèle jusqu'aux fournaises du désert au soleil et j'affronte le froid. Dans le Karakorum, qui est plus au nord de l'Himalaya, si je glisse par la pensée le long du parallèle, j'arrive en Tunisie. Je m'en contente.

Un jour, je veux faire un voyage dans l'endroit le plus chaud du monde. Je me le promets certains matins au réveil dans la tente avec le gel dehors, une presse qui te plaque à terre. Quand je parviens à sortir et que je suis prête, debout, j'ai l'impression d'être quelqu'un qui a soulevé avec son sac à dos le char du soleil. Et je voudrais le pousser dehors, du dos d'un sommet d'orient qui le couvre, lui dire de monter et, même si je suis une fille, je voudrais chanter le cocorico du coq qui fait pointer le jour. Tant que ne filtre pas un peu de lumière le sac à dos est lourd, puis dès la première chaleur je ne le sens plus.

Il faut la première demi-heure d'ascension pour mettre en marche le système de chauffage. Jusque-là ce sont des mouvements raides, durcis. Ensuite, le corps devient fluide et je commence à monter en rythme. Je me mets à une cadence musicale, un lent tambourin qui me porte.

(*la machine à laver*)

E : Ma tête aussi, quand le corps au travail la met de côté, s'en va suivant une musique. Pendant les heures de chantier, ma tête se trouvait détachée du tronc, un ballon à hélium attaché au poignet d'un enfant.

À l'usine, sur les chantiers, quand le corps exécute et c'est tout, qu'il se plie à un effort mécanique, qu'il répète, je m'aperçois que la tête n'est pas aux commandes, mais qu'elle est le chien du corps, qui tient compagnie et monte la garde. Dans le fracas d'un chantier de construction, le tronc donne des coups de pelle, pétrit la matière opaque, le blanc de chaux, le gris de ciment, il remue à sec, ajoute de l'eau, la pelle va avec une poussée de dos et de bras, le poignet la guide pour l'actionner sans s'arrêter et il va ainsi pendant ses heures prisonnières. Le corps semble si sage que jamais je ne pourrai m'habituer à vivre dans un squelette connaisseur de l'effort.

Notre corps n'est pas à nous, Nives, il appartient en fait à une antiquité qui nous l'a prêté après l'avoir perfectionné durant des millénaires d'usure, d'effort, de résistance. Une chaîne innombrable d'ancêtres nous remet une machine bien fignolée à habiter, moitié maison, moitié usine. Et nous ne parvenons à la connaître que lorsque nous la soumettons à une charge de travail. Toi, tu connais ton corps ici, à cette hauteur, tu en fais l'expérience dans les tâches impitoyables et loyales que tu lui imposes. Et ici, tu sais qui il est, ce qu'il arrive à faire. Ici, tu sais qu'il t'appartient, c'est le corps attribué dans lequel tu es le dernier des locataires qui t'ont précédé, sans numéro.

Je reconnais au mot « progrès » la seule valeur d'épargner de l'énergie. C'est la conquête de la charrue, la roue, les outils. Notre espèce a ceci de formidable, c'est que les machines du progrès, de l'économie d'effort, n'ont pas été utilisées pour avoir ensuite plus de temps libre, mais au contraire pour augmenter le produit du travail. Les outils du progrès augmentaient et le temps de travail ne diminuait pas. Notre espèce accumule le progrès, mais pas le soulagement. La mère de mon ami Giuliano Fachiri eut sa première machine à laver vers la fin des années cinquante. Pour la première fois, elle n'avait pas à laver les vêtements de ses cinq fils et de son mari. En voyant combien de temps elle économisait dans la journée, elle dit : « Et maintenant, il me faudrait cinq autres fils. » Tout le travail qu'elle avait fait jusque-là ne lui est pas venu à l'esprit, pas plus que l'idée de se reposer, au contraire, elle pouvait consacrer le temps gagné à cinq autres fils.

N : Je ne suis pas aussi sûre de devoir mon corps à mes ancêtres. J'y reconnais des bouts de mes parents, pour le reste il me semble être le résultat de ce que je fais, une bonne carrosserie pour les hauts sommets. Un corps qui aime aller à pied : le côté plaisant des voyages dans l'Himalaya, dans le Karakorum, c'est qu'ils se font encore à pied. On marche pour approcher les montagnes et les distances redeviennent vraies. La lenteur permet d'entrer dans le paysage, de régler nos sens sur lui. Je m'arrête souvent pour sentir, boire, saluer les personnes que je rencontre. Les saluts ouvrent les portes. Je m'y connais en eaux, du moins je le crois. Je les goûte, si elles sont amères, je les crache. On dit eau douce, mais aucune ne l'est, elles sont toutes salées, sauf la neige que tu fais fondre sur le réchaud sous la tente. À celle-là, tu dois ajouter la saveur du thé, du bouillon. La neige, c'est de l'eau blanche, comme le papier, tu y mets ce que tu veux.

(*un crachat*)

E : En tant qu'écrivain, je ne tombe pas sur du papier complètement blanc.

Avant de commencer, j'ai une amorce déjà prête, à suivre, j'ai un sentier, même s'il n'est pas tracé. J'entends des écrivains manifester un début de vide devant la feuille blanche. Comment le voulaient-ils, déjà écrit ? Toi, tu peux trouver la neige déjà écrite, suivre une trace déjà battue, celui qui écrit des histoires doit toujours être sur de la neige fraîche. Ce qui est valable pour ceux qui font encore des rédactions sur du papier, pas sur un écran.

N : Plusieurs fois, j'ai rendu grâce pour la neige déjà écrite, marquée par un passage. En descente surtout, il est bon de savoir que tu mets les pieds sur la trace que tu as faite en montant, que tu suis la ligne exacte du retour.

Si en revanche le vent ou une chute de neige l'ont effacée, le papier blanc te donne l'impression de te tromper de chemin. Se tromper signifie que tu arrives à un point mort, où il n'y a que des précipices et que tu dois remonter et retrouver la bonne voie de descente. Tu remontes et tu cherches, angoissé à l'idée de perdre les bonnes heures du jour et de risquer de ne pas trouver la sortie. Même en descente la montagne est un labyrinthe. Aujourd'hui, les outils satellitaires te tracent le bon chemin du retour même dans le noir, dans un épais brouillard ou dans une tempête. Nous ne les possédons pas. Pour nous, la montagne c'est ça, un jeu de marionnettes sans fil qui doivent tenir debout toutes seules. Nous préférons y aller désarmés, confiants. La possession d'instruments peut te donner l'illusion de contrôler la situation, mais il n'en est rien. Tu es toujours un crachat dans l'océan et tu dois t'en remettre à son immensité.

E : Avec tout ton cœur, tout ton souffle et toutes tes forces ? Comme dans le Deutéronome/Devarìm, l'obligation d'aimer Dieu ?

N : Oui, avec tout, avec la machine du corps tout entière. Si tu as des instruments, de l'aide, tu retires une partie de ce tout, tu gardes une réserve. Au contraire, plus je suis confiante, plus je suis légère, et je pense : me voici, je suis ici, exposée au ciel, au vent, étalée sur l'immense surface, je lui appartiens, je suis une de ses miettes pourvue d'intention. Ainsi, je me sens accueillie. C'est bizarre, mais c'est comme ça pour moi en montagne, plus je suis sans défense plus j'acquiers de l'assurance. Mais c'est aussi valable ailleurs : la sécurité de ta maison ne tient pas aux serrures blindées, mais à la porte ouverte, la clé laissée sur la porte. Elle est dans le bon voisinage, dans l'aide échangée. Et c'est la même chose en montagne, tu es à l'air libre, plus libre que ça c'est impossible et alors tu dois être libre, gaie, émue par la chance de te trouver là, de porter ton poids dans la montée, décidée et étudiée pendant les soirées d'hiver, semée dans la cuisine tiédie par le poêle et fleurie au printemps. Nous escaladons d'avril à mai dans l'Himalaya, avant l'arrivée de la mousson. Je monte au printemps et j'éprouve de la gratitude pour la vie qui me le permet. Si j'ai un état de grâce à haute altitude c'est parce que je suis un « merci » qui marche.

On disait que la neige est du papier blanc qui redevient blanc. Mais, la nuit, elle est noire et avec la lampe frontale qui n'en éclaire qu'une partie, tout le contour est encore plus noir. C'est beau pourtant de partir vers le haut avec l'obscurité qui t'enveloppe et ton petit faisceau de lumière au-dessus du nez. Le silence grince sous les pas pointus des crampons, le silence et la neige sont la même chose la nuit et tes pas brisent les deux.

Si elle est grosse, la lune transmet une illusion de chaleur. Quand elle est pleine, on grimpe sans frontale, la neige a le clair du ciel et les pas montent sur une étendue qui unit terre et lune. Dans les nuits où elle est pleine, tu gravis l'escalier de la lune. Dans les nuits opposées, où elle est absente, monter vers le haut c'est se perdre sur un éboulis d'étoiles. Tu es au milieu d'un pêle-mêle d'étoiles, tu les vois fourmiller sur les cimes environnantes, plus basses que toi, un bourdonnement de lumières, des essaims de lumières partout, au-dessus, à côté et au-dessous, tu remontes un éboulis d'étoiles. Cela arrive autour des sept mille mètres, tu t'aperçois que tu piétines des étoiles. Quand tu t'arrêtes pour respirer, leur gaz léger rentre dans tes poumons.

Dans les nuits sans lune, on monte comme des voleurs, en cachette, pour cambrioler l'étage supérieur. Nous nous cramponnons à l'enduit frais de la neige, nous avançons en essayant de ne pas faire de bruit pour ne pas réveiller le maître de maison. Nous voulons seulement traverser sa cour. Aucun chien de garde n'aboie, mais le vent peut brusquement se lever pour mordre nos pantalons et nous faire filer. Dans les ascensions de nuit nous ne nous disons rien, ça ne nous vient pas. On s'arrête, s'il le faut, pour faire une manœuvre, mais en silence, puis on se remet à crisser doucement.

Comme des voleurs, ça fait sourire et ça fait du bien. L'escalade de nuit rassérène. Ce qui est moins agréable, c'est d'arriver, se mettre à aplanir l'emplacement de la tente, ramasser de la neige dans un sac, la faire bouillir, bref faire là-haut les tâches domestiques.

(*Nix*)

E : Il se remet à blanchir, la neige tombe tout droit sans vent, en flocons serrés, demain nous y enfoncerons nos pas. Nous voici à nouveau dans l'usine du blanc en train de piétiner des nuages effrités, souples dans l'air et durs par terre. Venez voir, messieurs, comment sont faites les montagnes, mélange de sol noir et de crachat blanc. Venez voir comme elles ressemblent à l'Adàm, prototype de notre série, lui aussi fabriqué de terre et de souffle.

N : Jamais pensé que je ressemblais à une montagne. Cet endroit n'est pas un parent proche, c'est notre milieu, nous sommes les voyageurs de la neige, sa croûte à grignoter pour arriver au sommet, le tas à creuser sur un flanc abrupt pour installer notre tente, les rafales de flocons qui nous font aller à tâtons, le soleil qui tape sur le blanc et ricoche sur nos visages. J'aime la neige à l'arrivée au camp de base quand elle étend une nappe lisse sur la caillasse et que nos tentes jaunes pointent comme des tasses renversées. J'aime la neige parfumée du petit déjeuner, neige au café, au cacao. Puis aussitôt, je la hais quand j'y plonge mes pas que je dois extraire d'un coup sec, je la hais quand elle cache la bouche des crevasses, quand je la ramasse dans le sac et qu'ensuite il sort de toute cette masse à peu près un litre sur le réchaud.

En tant que buveuse de neige je suis d'accord, c'est de la matière de nuages, de l'eau distillée dans le ciel, rien à voir avec un beau verre de torrent, parfumé de terres et de sels dissous. Le ciel est insipide. Et puis, je maudis la neige quand elle vient en flocons minuscules, qu'elle s'attache au piolet et le dénonce à la foudre tandis que l'air se charge de courant électrique. En descendant du Dhaulagiri, lors de ma deuxième tentative, à environ six mille cinq cents mètres, je me suis jetée sur la neige bien des fois en lançant au loin mon piolet, quand j'étais la cible de la foudre avec mes vêtements en train de frire sur moi. Je maudissais la neige qui venait nous chercher, perquisitionner sur nous en quête de métal. Mais assez parlé de neige, sinon on va l'inviter à descendre. J'en ai déjà suffisamment sur moi avec le nom que je porte, le pluriel de neige en latin.

E : C'est *nix* le singulier. Je peux t'appeler Nix ?

N : Non.

(*sans*)

E : Un jour, Ang Tsering, le légendaire sherpa qui avait survécu à l'expédition allemande de 1934 au Nanga Parbat, cria lors d'une réunion d'alpinistes dans les années quatre-vingt : « Vous n'y seriez jamais arrivés sans nous. » Six nuits à la belle étoile au-dessus de sept mille mètres, en buvant de la neige et rien d'autre, Ang était et restera une autorité physique et morale. Vous, vous êtes la preuve qu'on peut se passer de lui et d'eux. Ne vous sentez-vous pas en rupture avec eux, avec l'histoire encore récente de ces montagnes ?

N : L'expédition qui amena Hillary et Tenzing au sommet de l'Everest en 1953 installa neuf camps, aujourd'hui quatre suffisent. Le progrès du matériel a bien allégé les chargements. L'alpinisme en Himalaya a changé et entre autres innovations il y a les ascensions de style alpin, celles que nous pratiquons. Nous n'installons pas de camp, nous apportons une tente, nous la montons le soir, nous la démontons le matin et la déplaçons plus haut, jusqu'au dernier soir précédant le sommet. De là, nous partons sans porter de poids et nous revenons là pour tout démonter. Nous ne cherchons à rien démontrer ainsi. Nous ne voulons payer à personne le salaire de sa peau, prendre en location son existence. Nous ne pourrions pas grimper l'esprit tranquille. Ce n'est pas une règle, nous ne la recommandons pas à d'autres. Nous payons les porteurs jusqu'au camp de base, jusqu'où la fatigue seule est en jeu, pas la vie.

Et puis, un porteur de haute altitude, un climbing sherpa, est une grosse dépense et nous l'économisons. À part cette année où nous avons un livre à faire ensemble et qui nous rapporte un peu d'argent, nous ne sommes couverts par personne. Chaque fois, nous nous donnons un mal fou pour réunir la somme du voyage.

Pourtant nous apprécions la compagnie des sherpas et des Balti quand on se rend au camp de base. On s'entend bien, on se lie d'amitié et on apprend beaucoup de choses d'eux rien qu'en les regardant.

(*pieds*)

E : Pendant les jours de marche vers les camps de base, je les ai épiés en quête du secret qui leur permet de supporter les chargements. Ce ne sont pas des hommes massifs, ils sont plutôt légers et leurs jambes sont maigres. Leurs pieds non, ils sont larges et nerveux, précis au millimètre dans leur appui. Les pieds des porteurs sont prodigieux, comme leur front sur lequel passe la courroie qui entoure la lourde hotte. Ce système permet de décharger le poids sur la colonne vertébrale, sur les os et non pas sur les muscles. La courroie fait un angle fixe de quarante-cinq degrés et casse en deux l'angle droit de la charge. Le plus dur pour eux est de marcher sur la neige, sur un passage en traversée, où le poids en équilibre oblige à se pencher d'un côté. Sur la longue traversée du pas de Dambush à cinq mille deux cents mètres, j'en ai vu un perdre son chargement et devoir aller le repêcher des centaines de mètres plus bas.

Quand je monte avec eux, je les vois lutter contre l'écrasement en affichant sur leur visage une patience de pêcheurs au large, sans effort, avec un fil de grâce. Seule une touche d'élégance permet de ne pas céder à la fatigue et au poids. Pendant mes années de chantier, quand arrivait un camion de sacs de ciment à décharger en fin de journée, je n'ai jamais possédé cette patience qui est la leur. C'était au contraire une rage hargneuse qui me soutenait.

J'aime les pieds des porteurs. Je comprends mieux un verset de l'Écriture sainte depuis que j'ai vu leurs pas. Il dit : « Comme sont beaux sur les montagnes les pieds des porteurs de nouvelle » (52,7). Avec Isaïe, le plus grand poète d'entre les prophètes, la divinité se concède des déclics de poésie : beaux sur les montagnes les pieds. Parce qu'ils montent avec élan pour apporter une nouvelle. Ils doivent être beaux parce que la beauté est un contrepoids de l'effort et le rachète. Parvenir à bien porter le chargement confié, à porter le poids en économisant de l'énergie : là est tout le style. La beauté n'est superflue en aucun corps animal, c'est bien au contraire la perfection atteinte dans un travail fait. La beauté des porteurs est dans leurs pieds qui soutiennent le corps sous l'effort, en le posant avec une force délicate sur les prises, inventant l'équilibre à chaque mouvement de talon.

En montant avec les porteurs, j'ai retrouvé la beauté de toujours, fruit d'intelligence physique, l'œuvre d'un corps qui soutient. C'était ainsi en Afrique, en Tanzanie, quand les femmes passaient avec de lourdes jarres pleines d'eau en équilibre sur la tête. Le dos, le cou et le balancement parfait d'équilibre qui berçait l'eau et l'endormait pour l'alléger étaient une pure élégance. Leurs pieds nus foulaient la poussière comme un peigne s'enfonce dans les cheveux.

Quand je perçois la beauté d'un corps sous un chargement, les yeux et le nez me piquent d'émotion. Cette beauté en sueur retire du poids au poids et le décharge à terre. L'oppression du chargement descend le long de l'épine dorsale, du bassin, des grands os inférieurs. Le porteur ne ressemble jamais à l'haltérophile, au culturiste. Il fait l'opposé, il soulève avec les os. Ainsi réussit-il dans l'entreprise d'aller en montée pendant des kilomètres et des dénivelés exténuants. L'œil du porteur et du maçon que j'ai été apprécie l'intelligence physique qui s'oppose à la loi de la pesanteur, qui l'allège.

Les porteurs de haute altitude, les climbing sherpas, sont devenus alpinistes par nécessité, pour un salaire, non par passion. Ils disent à leurs fils : « Je grimpe pour que tu n'aies pas à le faire. » Comme les ouvriers que j'ai connus, eux aussi contraints à un travail espérant ne pas devoir le transmettre, en épargner ceux qui viendraient ensuite.

(*courte visite*)

N : Tu parles de beauté là où moi je vois un pénible effort et un soulagement juste au moment où il cesse. Pour moi, la beauté est la dernière tente en altitude où nous nous serrons le soir qui précède le sommet. Nous glissons dans nos sacs de couchage tout ce qu'il nous faut trouver tiède le lendemain, même la coque intérieure de nos chaussures, et peu importe alors s'il fait un froid intense, au point de ne pas pouvoir le mesurer. Nous ne sommes pas obsédés par les chiffres, moins trente, moins quarante, quelle différence de le savoir ? La beauté n'est pas l'insomnie de la dernière tente, mais elle est dans ce rendez-vous, quand il nous reste à forcer la dernière marche du géant qui, lui, nous réchauffera.

En grimpant vite, nous arrivons à la hauteur de la dernière tente pour la deuxième fois. Nous sommes montés avant uniquement pour la laisser et pouvoir y arriver un peu moins chargés pour la dernière nuit. Après l'avoir mise dans un endroit sûr, nous descendons jusqu'au camp de base, dans l'attente d'une prévision de beau temps.

Quand cette prévision arrive, nous partons pour atteindre le sommet, deux nuits sur la paroi et le troisième jour pour arriver et commencer à descendre. La nuit de la dernière tente est maigre, je ne parviens qu'à bâiller. Je repasse ce qu'il y a à faire plus pour vérifier que ma tête est à sa place que par crainte d'oublier quelque chose. L'œdème cérébral se manifeste par un ramollissement.

Puis vient l'heure qui précède l'aube avec le grand remue-ménage de gestes comprimés dans le petit espace de la tente, à trois, emmitouflés dans nos vêtements en train de nous préparer pour commencer le jour décisif. Nous mettons au moins une heure à haleter dans nos préparatifs. Puis, enfin dehors pour faire la chose que nous connaissons le mieux, grimper. La maladresse de l'espace étroit disparaît, nous sommes sur notre surface et les heures suivantes les crampons, les piolets, deviennent des ongles et moi je suis un animal sur mon territoire. Le vide augmente et la montagne se resserre, se réduit, s'écrase vers le sommet. La terre finit et on voyage sur le bord des deux règnes. Le sommet est la parfaite frontière, la fin de la terre, la beauté. Il est sous nos pieds et moi je regarde surtout là, entre mes chaussures, avant de regarder les trois cent soixante degrés d'horizon qui m'entourent. Ce n'est pas une ligne d'arrivée, le sommet, parce que tu ne t'arrêtes pas là, il te faut descendre, environ encore deux jours d'effort et de concentration, mais c'est le point final des pas gagnés en montée. Je ressens une gratitude physique pour mes deux pieds et je les regarde mordre avec les crampons le dernier mètre d'un huit mille.

Mais c'est beau aussi de s'arrêter sur le sommet, de regarder autour de soi. Puis nous effectuons notre travail de documentation, en fixant des photogrammes dans l'air qui a deux tiers d'oxygène en moins, mais une lumière qui aveugle. C'est beau aussi de s'asseoir, tout essoufflés, et de se donner une minute d'arrêt complet. Pas plus, on ne doit pas refroidir la machine, lui laisser venir le désir de dormir, qui te tente là-haut, mais qui est mortel. Tout le sommet est là, une courte visite.

De celui de l'Everest, Jean-Marc Boivin se lança avec son parapente qu'il avait apporté là-haut. Il arriva en peu de temps trois mille mètres plus bas au camp de base. Jusqu'à présent, je n'ai jamais éprouvé le désir de m'enfuir, d'annuler la descente. La descente fait partie de la montée, elle t'incombe et tu dois l'exécuter avec la même précision, même si c'est avec une moindre dépense d'énergie. La majeure partie des problèmes arrive en descente. Elle fait partie de l'escalade et tu ne dois pas souhaiter l'éviter. S'il y avait une poulie, un hélicoptère capable de rester à cette altitude d'air trop léger, je ne m'en servirais pas. Dans la descente, on complète le sommet. Et je peux dire « sommet » seulement lorsque j'arrive sous la tente du camp de base, seulement quand je dis « but ».

L'exploit de Boivin, sa descente dans les airs, m'a amusée, mais ce sont des raccourcis que je ne prendrais pas.

D'un sommet de huit mille, il faut descendre le plus bas possible, profitant du jour pour arriver le plus loin, perdre de l'altitude pour ne pas prolonger l'usure de la hauteur. Et tu es fatigué et repu, tu voudrais seulement t'étendre au soleil pour un petit somme. Mais tu sais que ceux qui l'ont fait ne se sont pas relevés ensuite. Pire que les sirènes avec Ulysse, la fatigue séduit à mort l'alpiniste qui descend. Tu ne dois pas t'arrêter, le jour avance, l'énergie est à bout, tu cherches le mouvement automatique, tu voudrais être un rouage qui descend tout seul, parce que la volonté dérape un peu. Entre tes jambes, tu regardes où mettre tes pieds et tu vois au-dessous de toi l'abîme qui oscille, bouge, grise le regard. La descente est un guet-apens, tu ne dois pas flancher. L'épuisement pousse à négliger la vigilance, pour faire plus vite. Je descends avec cette idée fixe, accompagnée d'un bonheur hébété et traître qui demande au corps de s'écrouler. Et je suis ivre de l'oxygène qui augmente à chaque pas et rassasie ma respiration qui n'est plus haletante. Au sommet, la beauté est sous les pieds, en descente elle est dans les poumons qui avalent un air gras, un air qui suffit.

(*l'échelle de Jacob*)

E : Une grande partie de l'Écriture sainte est alpiniste. La grande corbeille zoologique de Noé se pose sur l'Ararat en descente au moment du retrait des eaux. Abraham est appelé sur le mont Moriah pour dégainer son couteau sur la gorge de son fils Isaac. Moïse monte deux fois sur le Sinaï/Hòrev pour les Tables de l'Alliance. Les montagnes se sont plantées dans le récit sacré. Jacob a fait un songe à Bet El, une échelle qui part de terre et finit au ciel. C'est le premier symptôme clinique d'un désir d'ascensions. Dans le songe, seuls les anges montent et descendent, mais pendant ce temps un homme est en train de rêver d'eux, il regarde et apprend.

Dans l'Écriture sainte, la montagne est un poste frontière, où la divinité descend et où l'homme monte. « Et il les conduisit à sa frontière sacrée », dit le psaume 78 du lieu de rencontre vers lequel convergent à deux, non seulement les appelés mais l'appelant. Ce Dieu-là aussi se déplace.

Les Hébreux, qui jamais n'eurent confiance dans la mer, fréquentèrent les hauteurs. Tziòn/Jérusalem est l'une d'elles et le verbe de mouvement vers la ville est « monter ». Voilà, les alpinistes s'en vont en quête du carat de beauté du monde, qui se dévoile par paliers d'altitude et d'horizon. La nuit, les étoiles sont tout autour et sur toi, pas seulement au plafond. En quête du carat de beauté, s'avancent sur des pentes abruptes et des parois en surplomb les volontaires de l'échelle de Jacob qui prennent la place terrestre des anges, en montant sur des marches infinies, débouchant au-delà des nuages.

Le plus célèbre et le plus long discours de Jésus, dit « des béatitudes », se trouve dans le livre de Matthieu. Jésus monte sur une montagne, non identifiée, et la foule s'accroupit autour de ses pentes. Jésus aussi entraîne ses auditeurs loin des centres, des places, vers une frontière sainte. Et de là-haut, il prononce sa liste subversive des hiérarchies, des autorités qui gouvernent les choses sur terre. « Heureux les abattus de vent », tel est son cri, traduit de façon plus littérale que ce : « Heureux les pauvres d'esprit ». Il annonce la joie, qui est plus physique et concrète que la béatitude. Il utilise une expression d'Isaïe, prophète qui lui vient souvent à l'esprit. Isaïe dit : « Haut et saint moi je résiderai mais moi je suis avec le piétiné et l'abaissé de vent et pour faire vivre un vent aux abaissés et pour faire vivre un cœur aux piétinés » (57, 15). Isaïe invente l'image de l'abaissé de vent, « shfal rùah », pour qui est humilié, opprimé, la tête penchée au point de mettre son propre souffle à ras de terre, à hauteur de poussière. « Shfal rùah » est aussi le souffle court de l'alpiniste à haute altitude. Abattu de vent : à qui souffre de cette respiration haletante appartient le royaume des cieux. Du haut d'une montagne, Jésus, avec sa liste de joies, met le monde sens dessus dessous, place en tête du classement tous les vaincus. Il le fait au sommet d'une montagne parce que c'est le point le plus éloigné du sol, le plus proche du royaume qu'il promet.

Là-haut, les priorités, les primautés, les joies marchent à l'envers. Au cours des siècles derniers, l'alpinisme a renouvelé une intimité avec les cimes. De nombreux pratiquants déclarent accomplir aussi de la sorte une approche spirituelle. Aller en montagne ne me fait pas cet effet. Ce n'est pas un rapprochement, c'est un éloignement de tout lieu, je monte pour tourner le dos. Ce n'est pas un point de rencontre avec les cieux ouverts, mais de nette séparation du sol, j'approfondis une solitude. Pourtant, je comprends que le discours le plus subversif sur les derniers qui deviennent les premiers devait être prononcé sur une montagne, un endroit inhabitable, d'où il faut toujours descendre. Ce discours chrétien est resté en altitude, il n'est pas descendu dans la vallée, les derniers sont restés à leur place.

(*aide*)

N : En haute montagne, les choses se sont un peu arrangées pour les sherpas et pour les porteurs en général. Aujourd'hui, nul n'ignore que ce sont d'excellents alpinistes, très rapides, et pas seulement des porteurs spécialisés. De fait, en 1953, sur l'Everest, le porteur népalais Tenzing change le rôle, le rang et le statut du sherpa. Il me semble bien possible que ce soit lui et non pas Hillary qui ait posé le premier pied humain là-haut, même si ce fut certainement Hillary qui força le dernier passage difficile avant le sommet. Mais si l'histoire de l'alpinisme a un sens, une justice, alors pour moi, le premier sur la première montagne de la planète a été Tenzing à trente-neuf ans.

Cela ne répond pourtant pas à la question de savoir si en montagne les valeurs de plaine sont inversées. Pour moi, il s'agit plus de sentiments que de valeurs. L'amitié, par exemple, se renforce en montagne, elle devient intense, mais l'inimitié, la rivalité, se durcit également. L'histoire du K2 est une de celles qui ne laissent pas de place à la rhétorique. Là-haut, à huit mille mètres, deux hommes ont laissé à la belle étoile deux autres hommes, qui ne moururent pas parce que la montagne et la nuit en décidèrent autrement. Avec les vêtements et les chaussures de cette époque, ce devait être la fin.

Ici, où tout est plus difficile, nos gestes ont plus de poids, la générosité est stupéfiante, l'égoïsme est plus mesquin. Nous pouvons nous couvrir tant que nous voulons, la montagne nous découvre. Nous sommes plus nus qu'en bas. C'est pourquoi je donne la primauté aux gestes d'aide, de solidarité des sherpas entre eux et envers les alpinistes. Leur dévouement a laissé des histoires magnifiques.

Pour nous autres, le devoir de s'aider passe avant tout. Aucune ligne d'arrivée n'a de valeur, si tu as laissé derrière toi un alpiniste en difficulté. Le jour du sommet sur le Lhotse, Romano trouve sur son chemin un alpiniste coréen, resté bloqué le soir précédent. À moitié gelé, il n'avait pas réussi à se décrocher d'une corde fixe. Ses compagnons l'avaient laissé là. Il était encore vivant à l'aube, après une nuit à huit mille mètres. Romano l'a détaché et l'a accompagné en traversée à l'autre ancrage pour la descente suivante. Il s'est assuré qu'il pouvait faire les mouvements, puis il est reparti vers le sommet. Le soleil, sorti entre-temps, devait compléter l'aide reçue. Ils l'avaient laissé là, voué à une mort certaine. Le hasard a voulu que ce soit une nuit sans vent, comme celle que passa Hermann Buhl, debout, bloqué en descendant par l'obscurité, après sa course solitaire au sommet du Nanga Parbat. Sans vent veut dire que tu as une possibilité de ne pas mourir gelé.

Bien sûr, il peut se faire qu'un alpiniste n'en puisse plus et qu'il ne soit pas possible de l'aider, parce que l'endroit ne se prête pas à une descente et que tu ne peux pas le charger sur ton dos. Il y a des cas désespérés où aucun secours n'est envisageable. Par chance, nous n'avons jamais connu ça. Mais ce Coréen n'était pas en grande difficulté, il suffisait d'une aide minime pour le sortir du piège. Il a même dû crier pour appeler au secours. Il n'existe pas de loi en haute montagne, nous sommes tous hors la loi et nous nous inventons des règles, mais on ne peut pas abandonner un homme de cette façon. Que raconteras-tu à la mère, à la sœur de cet alpiniste si tu n'as même pas voulu l'aider à détacher un mousqueton d'une corde ? Tu peux avoir fixé les règles d'engagement les plus dures, tu peux avoir décidé que personne n'aide personne et chacun pour soi, mais après il y a une vie suspendue là-haut et alors on va la sauver, ou du moins essayer. L'alpinisme de haute altitude est déjà dur naturellement, sans que nous nous mettions nous aussi à le rendre encore plus dur.

(*ces fantômes*)

E : La nuit sous la tente, tu n'as pas l'impression toi aussi que quelqu'un rôde tout autour, qu'il essaie d'entrer, de se faire entendre ? Cette nuit a beau être sans vent, elle est pleine de courants d'air et de bruissements. Je sais qu'il ne peut y avoir personne, mais n'as-tu jamais la sensation que quelqu'un cherche sans cesse à nous toucher sans y parvenir, désespéré de ne plus être là, par nostalgie de la vie ? Dans une de mes histoires napolitaines, je parle d'un petit garçon qui s'aperçoit de leur présence, qui arrive à sentir leurs caresses. Dans cette ville d'après-guerre, les fantômes existaient et chaque habitant avait son histoire, un témoignage personnel. Il y avait ceux qui étaient sans répit, qui chassaient les vivants des pièces de la maison, il y en avait de bienveillants qui secouraient, retrouvaient des objets égarés, même de l'argent, et qui suggéraient les numéros à jouer au loto. Il y avait les espiègles qui faisaient des niches, envoyaient les quatre fers en l'air.

Et puis il existait une humanité opprimée et nécessiteuse en quête de secours, qui sentait des présences, en recherchait le contact. Quand prit fin l'oppression de la misère, les fantômes se sont dissipés. On ne les cherchait plus, alors ils ont disparu. Je n'en ai pas fait l'expérience, pourtant je suis prêt à reconnaître un fondement aux histoires de fantômes. Et puis pourquoi des alpinistes, des gens concrets qui n'y vont pas par quatre chemins, devaient s'inventer et répéter des histoires de rencontres avec les spectres de haute altitude ? La rareté de l'oxygène ne suffit pas à expliquer une suggestion insistante.

Eduardo De Filippo a écrit une comédie où il exploite les histoires napolitaines de maisons infestées de présences. *Ces fantômes* est l'œuvre d'un homme persuadé qu'ils n'existent pas et qui ironise sur le côté comique, se moque de la peur ingénue de ceux qui les sentent au contraire et les trouvent autour d'eux. En même temps qu'il les évoque, il les efface, *Ces fantômes*. De Filippo était un positiviste.

Dans mes écritures, je suis débiteur de voix, je les écoute dans une partie interne de mon oreille, dans les osselets du labyrinthe où je retrouve aussi les personnes absentes. Les membres d'une assemblée du passé, les lointains, se rencontrent en un point de mon oreille. Je n'arrive pas à savoir, et je ne le veux pas non plus, s'ils viennent par surchauffe de l'imagination ou bien si ce sont de vraies visites. Ma page les accueille sans leur demander de papiers.

Dans l'Écriture sainte en revanche le choc de l'invisible est fréquent et explicite : « Et dit Dieu » laisse peu de place à l'imagination. Dans toutes ces pages, l'écoute n'engage pas seulement l'organe de l'ouïe. Quand elle est intense, l'écoute est visionnaire : « Ils voient les voix », est-il écrit à propos du peuple d'Israël massé sur les pentes du Sinaï/Hòrev, tandis que Moïse reçoit les deux Tables. Ils voient les voix, ils ne font pas que les entendre. Ils se taisent et, alors qu'a lieu la plus puissante transmission divine du monothéisme, ils parviennent à les voir, des voix écrites. Un maître de l'ancien Israël, rabbi Akivà, confirme cette possibilité visionnaire, en citant le psaume qui dit : « La voix de Yod/Dieu grave des flammes de feu » (29, 7). La voix sur l'Hòrev sortait en écrivant les mots en rouge sur ciel.

En lecteur de ces pages-là, en rédacteur des miennes, je ne fais pas le difficile avec les invisibles. Je crois que chacun a les siens et il y a des moments où ils déferlent dans les sens, pour moi dans l'oreille.

N : Aucun fantôme n'est venu autour de moi en haute altitude. C'était vraiment impossible. La présence de Romano est si concrète que, pendant que j'escalade, mes pensées savent toujours où il est, ce qu'il fait et même à quoi il pense. Il n'y a pas un brin d'espace pour un fantôme entre nous. Il n'y a pas d'absents là-haut, il n'y a que nous deux, assortis et terriblement présents. Les fantômes préfèrent tenir compagnie aux alpinistes solitaires.

(*ammour*)

Tous les deux, nous allons escalader les montagnes les plus hautes de la terre, non seulement par passion d'alpinistes, mais par amour, parce qu'on s'aime, qu'on est deux et qu'on va porter là-haut notre preuve de couple. Nous ne risquons pas seulement un bout de vie, mais aussi notre bonheur.

Là-haut, nous nous aimons et nous nous disputons aussi, même plus amèrement qu'à la maison. Nous nous aimons et nous nous faisons aussi un mal amer, dans un conflit tendu qui nous fait rester silencieux des jours entiers.

Nous nous aimons et nous nous provoquons. Je ne crois pas qu'il existe un autre couple d'alpinistes s'étant aussi souvent mis à l'épreuve que nous deux. Nous sommes un laboratoire de l'amour à haute altitude. On le joue à pile ou face et à la fin on arrive à le faire retomber du bon côté. Mais nous le lançons bien des fois en l'air, bien des fois nous le jetons et puis nous le rattrapons. Nous nous sommes disputés à toutes les altitudes. Notre dispute la plus haute, nous l'avons faite au Nanga Parbat, à sept mille trois cents mètres. Plus haut, c'est impossible, on n'a pas de souffle à gaspiller dans des querelles.

Ce n'est pas un jeu, nous emportons là-haut notre amour avec nous et il donne du courage ou fait peur quand notre pas se détache, que Romano va à son rythme impossible et qu'on va vers le sommet chacun pour soi, en deux solitudes. Puis là-haut, l'amour se rejoint, il se renoue avec une force effrayante et serre si fort dans une étreinte que même les gros anoraks de haute montagne ne parviennent pas à séparer. Et en descente, on rentre à deux, tout proches, ensemble jusqu'à la prochaine ascension.

Quand il me détache et part seul devant, je ne me sens pas laissée en arrière, mais devancée par lui qui ouvre le chemin. Même si je ne le vois plus, car parfois il prend deux heures d'avance, je sais qu'il est passé par là, je vois sa trace, j'imagine aussi sentir son odeur, je suis sur sa piste. Je crois que nous ne sommes arrivés ensemble qu'une seule fois, sur le Shisha Pangma, l'unique huit mille qui se trouve tout en Chine. C'est un sommet étrange, tu arrives et tu t'aperçois qu'il y en a un autre à peine plus haut, de dix mètres environ, mais il est au bout d'une longue crête, mince, très raide des deux côtés. Pour l'atteindre, il faut marcher à petits pas fragiles, prêts à planter la pointe du piolet si le pas que tu charges cède, croule. Nous sommes passés ensemble sur cette ligne fine et assez effrayante. Nous avons peu savouré le sommet, à l'idée de devoir faire le voyage en sens contraire.

En général, sur le Shisha Pangma les alpinistes s'arrêtent au premier sommet, celui qui est juste un peu plus bas, ils se dispensent du mauvais passage de crête. Mais malheureusement le point le plus haut se trouve au bout de la traversée et l'ascension s'achève bien là. Ce fut le seul huit mille atteint ensemble. D'habitude Romano arrive et m'attend. Sur le Lhotse, à huit mille cinq cents mètres, il m'a attendu pendant deux heures. Quand tout alpiniste brûlerait d'entamer la descente, aussi pour ne pas se refroidir, lui est resté à huit mille cinq cents mètres avec le temps qui commençait à se gâter, à m'attendre, certain que j'arriverais tôt ou tard. Il n'est pas descendu pour voir si par hasard je n'étais pas revenue sur mes pas, si j'avais renoncé. Il était sûr que je monterais et il a attendu sa Nives, pour que nous puissions nous toucher là-haut. Ce n'est pas seulement de l'amour, mais une confiance démesurée. Et si ce n'est pas de l'amour, ce doit être quelque chose d'aussi violent, déchaîné, si ce n'est pas de l'amour ça a la force d'une avalanche. Tu as écrit quelque part que le napolitain redoublait le « m » d'amour, ce qui lui donne plus de poids. Ça me plaît, je l'adopte pour notre cas, notre ammour.

C'est un ammour terrible. Romano m'a sauvé la vie plusieurs fois et me l'a fait risquer autant de fois. En nous entraînant cet hiver sur une cascade de glace, il a fait tomber sur moi un bloc aussi grand qu'un poste de radio. Je l'ai évité de justesse, je l'ai pris sur la jambe. Dans ces moments-là, une fois la peur passée, le malheureux se met à rire. Il est attentionné, il m'aide à descendre, me soulève même à bout de bras, mais il rit. Ça me met hors de moi et je lui en dis de toutes les couleurs, lui se retient un moment, puis il ne peut s'empêcher de rire à nouveau. Tu es pire qu'une avalanche, lui dis-je. Mais il sait toujours s'en tirer, il sait s'en tirer pour deux, pour lui et pour moi. Il est calme en pleine tempête comme à la maison lorsqu'il allume le feu. Il a une boussole dans la tête, il sait où aller quand on ne voit pas à un mètre et que les autres n'ont d'autre choix que de s'asseoir et attendre une éclaircie. Lui, un pied derrière l'autre, flaire la direction et arrive. Il l'a appris dans les bois, il ne se perd jamais. Il lit la neige, il la comprend.

J'aime cet homme d'airs libres, compact comme le poing, capable de rester face à un ours, de soutenir son regard, et ils se comprennent au vol sans un geste de sorte que chacun peut continuer son chemin. Il est garde forestier, il arpente les bois l'hiver et protège les bêtes de la pire de toutes, la plus voleuse du règne animal. Quand il parle d'elles, des bêtes des bois, il s'échauffe, il sourit, il éprouve un attachement de supporter, quelqu'un qui suit son équipe où qu'elle joue. Son équipe est dans les bois.

Là-haut, notre amour est un amour de course. Nous poussons en montée notre pas surchargé et nous montons notre tente où on peut, creusant un emplacement, élevant un petit mur de neige contre la direction du vent. C'est un rythme sous pression, violent, nous le tenons sans échanger un mot. Nous sommes au plus fort de notre œuvre de fourmis, nous transpirons même dans le solide au-dessous de zéro des six mille, sept mille mètres. Romano ouvre la piste, fait le travail supplémentaire de la trace, moi j'avance péniblement dessus. Ces jours-là, nous sommes des bêtes de trait et nous sommes muets.

Même sous la tente, quand nous faisons bouillir quelque chose en fin de journée, nous restons en silence, nos pensées enrayées, dans la sueur sèche de nos vêtements. Aujourd'hui, les nouveaux tissus ne laissent pas d'humidité sur la peau, on n'est pas obligé de les changer. Je les garde sur moi plusieurs jours, je les retire quand je descends au camp de base.

Nous n'avons pas grand-chose à nous dire, même quand on souffle, penchés sur le long vide monté pendant la journée. Je tiens mon thé bouillant entre mes gants et je savoure la fin de l'effort. Lui aussi fait pareil, mais il ne se détend pas, il vérifie du regard si tout est en ordre, les tendeurs bien mis, le matériel à l'abri.

À l'intérieur, nous massons nos pieds durcis par le froid. Il est plus pratique de se les réchauffer mutuellement. L'échange dégage plus de chaleur, on peut rester allongés et éviter de rester engourdis en train de se réchauffer un pied à la fois. Nous embrassons nos pieds et nous les frottons. Là-haut, les pieds comptent beaucoup, il faut les masser. Quand il part pour un sommet, Romano dit qu'il ne les sent pas pendant deux jours, puis il les retrouve face aux sept mille.

Bref, c'est un amour de gestes partagés, de mots rares, comme étaient les amours d'autrefois. Il suffit d'un bonsoir avant de dormir et d'un bonjour au réveil. Je voudrais échanger quelques mots de plus, arriver jusqu'à dix, mais ceux-là viennent en cas de mauvais temps quand il nous faut rester sans bouger pendant des jours. Sinon, nous sommes pressés et notre amour reste tranquille dans un petit coin et ne se fait pas entendre. Notre amour sait quand il doit faire semblant de ne pas être là. Puis il revient plus joyeux et plus fort pour demander la part qui lui est due.

L'amour porté là-haut, l'amour exposé à ces forces impétueuses par nature, l'amour à négliger pour le retrouver ensuite à sa place, durci comme un petit soldat au garde-à-vous, notre amour-ammour est ce que j'ai en plus par rapport aux grimpeuses qui, ces dernières années, ont tenté et tentent comme moi d'atteindre les plus grandes hauteurs de la planète. Notre amour est la force qui me recharge par simple contact, qui pousse encore quand je n'ai plus de souffle, parce que je sais qu'il est avec moi là-haut, et alors je continue. Notre amour est mon combustible, une énergie douce. Si je parviens à achever le tour des quatorze huit mille, ce sera grâce à cet amour.

D'autres avant moi sont tombées sur les mêmes montagnes, désirées avec plus de force que la vie. Je ne suis pas meilleure ni plus brave qu'elles, mais j'ai Romano avec moi, j'ai l'amour, je ne l'ai pas laissé à la maison à m'attendre, à se ronger les sangs. Là-haut, j'ai ma famille avec moi, je suis un escargot qui avance avec sa coquille. Notre formation bien nouée me fait croire que je peux réussir.

Lui y arriverait même tout seul, mais à deux, avec moi, pour lui c'est plus beau, plus savoureux. Il en est de même pour moi aussi, avec la certitude toutefois que sans lui la volonté me manquerait, plus que la force. Il me manquerait son silence, son sommeil, la trace sur la neige que je reconnais entre les autres, le coup que laisse son piolet. Même s'il n'est pas en vue, je sais que je suis avec lui. Savoir qu'il est là, qu'en fin de journée nous serons l'un près de l'autre pour frotter nos pieds, me donne une force, une gaieté de muscles, de la poussée des talons au sourire sur le visage. Je peux y arriver, avec lui je peux tout faire.

Nous sommes forts de la sorte, mais aussi doublement fragiles. Sans l'un des deux, l'autre ne peut pas. Nous sommes cette entreprise commune d'escalade, nous ne pouvons accepter d'autre format. Ce n'est pas un pacte, nous ne l'avons pas écrit ni même dit. C'est comme ça. Il existe des choses simples et dures qui n'ont pas besoin d'être dites.

(*le lanceur de couteaux*)

E : En montagne, j'ai souvent l'impression d'être une cible, d'être dans le champ d'observation d'un viseur. Pour conjurer le mauvais sort, je pense au lanceur de couteaux. Son habileté consiste à rater la cible. Il enfonce ses pointes autour de la silhouette. La précision pour lui consiste à viser au bord et à ignorer le centre.

Les morts en montagne sont des couteaux échoués sur la cible par erreur. Ce sont des lancers ratés. La montagne n'est pas un monstre qui tue, j'ai le sentiment au contraire qu'elle souffre de blessures pour chaque vie qui se perd sur elle. Les avalanches qu'elle n'a pu retenir, les volées de pierres qui ont sauté en bas : il existe une douleur de la montagne, et son dédommagement qui vient en aide à d'autres alpinistes. La chance dont chacun de nous a fait l'expérience au cours d'escalades est plus précisément une de ses prévenances, une protection réussie.

La montagne n'est pas coupable des tempêtes, elles s'abattent aussi sur son corps et en détachent des morceaux. Mais les vies perdues sur elle font partie de ses blessures et elle les rembourse quand elle en sauve d'autres. Tous les succès d'alpinisme viennent d'un laissez-passer, d'un sauf-conduit. La montagne en délivre pour se débarrasser des couteaux, des vies plantées dans ses flancs.

Ce sont des pensées de passage dans la tête, elles ne viennent pas de l'intérieur, elles arrivent de l'extérieur ; des pensées en visite me viennent en montagne, où la tête est ouverte, pleine d'air et de vents coulis. Et à propos de laissez-passer, je pense à votre ascension de mai au Dhaulagiri, le premier huit mille qu'on voit en arrivant en avion par l'ouest, si tu te trouves du côté gauche. On voit sa paroi sud qui descend à pic sur quatre mille mètres et finit sous les nuages. Vous seriez arrivés sans oxygène à l'altitude où se trouvait l'avion, température extérieure signalée : moins quarante-cinq. Je ne pouvais imaginer l'histoire à la fois pénible et drôle que vous deviez vivre : descendre après être arrivés à quarante mètres du sommet. Vous avez suivi la ligne ouverte quelques jours plus tôt par les Coréens, qui avaient déclaré être parvenus au sommet, mais vous vous êtes trouvés à huit mille cent sur une pointe à peine secondaire. De là, des petites crêtes impraticables marquaient la distance du vrai sommet, plus haut de quelques mètres. Être à un jet de pierre et devoir revenir en arrière. De retour au camp de base, je vous ai entendus raconter l'histoire en riant. La fatigue de trois jours, la retraite à dix minutes du terme, qui aurait assombri un grimpeur pour un an, tout ce paquet vous l'avez pris à la rigolade et trois jours après, toi, Romano et Lucia, vous êtes repartis pour une autre tentative.

N : Rebrousser chemin fait partie de la règle du jeu. De la dernière tente avant le sommet, on part toujours avec l'idée d'essayer, sans devoir forcément réussir. Au Dhaulagiri, la dernière tente était à sept mille trois cents et le jour du sommet nous avions huit cents mètres de dénivelé, une distance qui contient en soi des inconnues et qui force à appeler l'escalade « tentative ». Nous savions déjà que la neige était instable, elle tombait tous les après-midi. Nous savions que nous risquions de frapper dans le vide. Mais je ne m'attendais pas, cela ne m'était jamais arrivé, à devoir me retirer avec le sommet à la distance d'une carotte du museau de l'âne.

Nous étions partis à une heure du matin. Quand Romano a vu que nous ne pourrions pas atteindre le bon sommet, j'ai éclaté in petto d'un « non » de douleur, après sept heures d'ascension. Et puis nous avons ri et nous sommes descendus pleins de confiance.

Nous avons dû nous retirer trois fois du Dhaulagiri, ce printemps-ci, sans compter les ascensions pour apporter le matériel là-haut. Trois fois, nous avons dû et voulu renoncer. Nous passons pour des conquérants de montagnes, mais en vérité nous sommes pleins d'échecs, de saisons coulées. Et pas seulement nous, sur l'Himalaya tous les alpinistes ont été plus souvent repoussés qu'agréés.

L'alpinisme est un art de la fugue. Tu dois t'y décider et la réaliser comme une victoire, juste au moment où le renoncement est le plus cuisant. Reconnaître son infériorité face à une tempête, une pente de neige trop chargée et prête à s'écrouler sur toi, est un exercice d'humilité. Nous sommes de ceux qui, avant de se rendre, doivent se heurter très fort à l'impossibilité de poursuivre. Mais quand il arrive de devoir se retirer, il faut le même esprit de bataille que pour aller vers le sommet. En plus, tu dois te retirer en bon ordre si une tempête menace, pour ne pas transformer la retraite en défaite précipitée. Pour la porter à son terme, il faut un esprit fort, un enthousiasme, qui est naturel quand tout marche comme sur des roulettes, mais contre l'instinct quand il t'a fallu renoncer au sommet. C'est pourquoi la fugue est un art et doit être exécutée avec la plus sérieuse discipline. Cette année, nous l'avons perfectionnée au Dhalaugiri. Nous avons interrompu notre dernière tentative en descendant de sept mille sept cents.

E : Les arêtes, les corniches de neige me font aussi peur que de marcher sur des meringues. Par contre, sur les rochers j'aime la ligne qui remonte le long d'une arête, exposée sur deux versants. Plus que la ligne droite qui parcourt une paroi sans contourner d'obstacles, j'aime la silhouette fragmentée qui longe un bord et met les pieds sur la couture de deux faces. D'habitude, ce sont des voies plus faciles que celles de pleine paroi, mais elles ont plus d'air, plus de vide autour des flancs. Remonter une arête c'est aller sur une épine dorsale, escalader des vertèbres. Là, me revient la pensée du lanceur de couteaux qui enfonce ses pointes le long d'un bord, qui s'interdit le centre.

Je n'ai jamais planté de piton en montagne. Je ne me sens pas autorisé, je suis quelqu'un de l'extérieur, quelqu'un de passage. Mettre un piton est un acte de possession, il faut appartenir au lieu pour se sentir autorisé. Et puis, un piton fait du vacarme et je n'ai que trop planté de clous sur les chantiers. Je n'aime pas faire de bruit quand je suis sur une paroi, j'essaie d'éviter aussi les cris à distance avec mon compagnon de cordée. C'est une de mes timidités, comme celle de ne pas écrire mon nom sur le livre du sommet. Mais celui qui sort son marteau de sa ceinture, pointe un piton sur la bouche d'une fissure et frappe le rocher de ses coups ne me dérange pas. Il est même agréable le son du clou chanteur qui, plus il s'enfonce, plus il va dans l'aigu en montant d'une octave. Et puis, j'aime découvrir ceux des grimpeurs précédents, ce sont peut-être les mêmes plantés par les premiers et laissés en cadeau à ceux qui viendraient ensuite. Mauro Corona m'a offert un piton du grand Attilio Tissi, trouvé sur je ne sais quelle voie peu fréquentée. J'apprécie les traces de marteau de ceux qui sont passés par là pour la première fois, inventant une ligne de montée, en laissant leur signature de fer rebattu. Trouver sur la vaste paroi le point exact traversé par les pionniers, être dans l'étroit sillon d'une ascension qui fut à l'époque une primeur, c'est ça, en montagne j'aime répéter et non pas inaugurer. J'aime tomber sur les pitons des autres, mais pas ajouter les miens.

C'est ce que fait aussi mon écriture, qui suit les traces de bouts de vie passée, sans en inventer une nouvelle.

Les pitons sont à vous qui appartenez aux montagnes. Moi, je les effleure, je suis le chatouillis, je fais parfois des escalades pieds nus. Il y a quelques étés de ça, j'ai mis des crampons sur mes sandales et je suis monté sur le glacier de la Marmolada, puis sur la partie rocheuse facile, qui mène à la cime d'Ombretta, je suis monté pieds nus. Non pas comme un pèlerinage sur la plus grande hauteur des Dolomites, mais poussé par ma ridicule obstination à être léger, à ne pas faire de bruit. La montagne est pour moi un lieu désert où l'on voit le monde tel qu'il était sans nous et tel qu'il sera après. Je me penche sur le désert. Ici, sur l'Himalaya, il manque aussi les animaux, pas une aile ne vole dans l'air, pas une trace ne marque la neige. Je viens là car ici se renforce le sentiment d'être un étranger, un intrus du monde. Ici, nous ne pouvons pas l'asservir, nous ne pouvons extraire aucune matière première, passer une charrue pour semer, nous pouvons seulement lui prendre un peu de neige à faire fondre et à boire. Ici, nous mettons des gants, des épaisseurs, le monde ne se laisse pas toucher. Être repoussés est une leçon dont notre comportement tire profit.

Dans un psaume, le 139, David dit à son créateur : « Un derrière et un devant tu m'as formé et tu as mis sur moi ta paume. » En montagne, je m'aperçois que j'ai deux côtés, un qui donne sur la paroi, l'autre, le dos, sur le monde. Celui qui escalade tourne le dos à tout le reste. Ici, je reconnais mes deux versants, deux pages d'une même feuille. J'arrive à comprendre la gratitude physique de David pour le corps à deux faces, même s'il me manque toute l'autre moitié de sa confiance, celle d'être sous la paume de la main du créateur. C'est une sensation que j'ignore. Le monothéisme juif s'appuie beaucoup sur le corps, les Écritures saintes utilisent volontiers cœur, souffle, forces, dans le rapport avec la divinité. Le terme, brutal, « femelle » se dit *nekevà* en hébreu, fissure, qui désigne le point d'où sort la vie. La femme juive a tout pouvoir sur elle jusqu'au droit d'imposer un nom au fils. On est juif par la mère, le père ne compte pas. Dans l'Écriture sainte, la contribution masculine à l'accouplement est insignifiante, tout juste la fécondation d'un œuf. On parle de femmes mises enceintes par une annonce divine. Dans le Nouveau Testament, l'exclusion de Joseph de la conception de Jésus est bien claire.

(*la lumière semée*)

N : Quand tu parles de l'Écriture sainte, je m'aperçois qu'il s'agit de vie plus intense, concentrée, placée sous une plus grande pression, et j'ai envie de faire la comparaison physique avec la haute altitude. Ici, j'ai un corps différent. Chez moi, je le perds dans les tâches domestiques, je l'oublie et lorsque je décide de m'entraîner je dois le retrouver, je le sens défait, distrait. Ici, il est compact, tendu. Chacune de ses parties a une valeur, comme les pieds, mais je fais aussi très attention aux yeux, je les protège de l'aveuglement du soleil sur la neige. Je ne retire mes lunettes que lorsqu'il fait noir. Nous sommes si fragiles que nous ne pouvons pas nous permettre de regarder cette lumière. Nous n'avons pas d'yeux pour la soutenir. C'est pourquoi je pense à la haute altitude quand tu parles d'histoires saintes. Là aussi, des gens sont aveuglés par la révélation, par le contact rapproché avec une énorme source d'énergie.

Quand le soleil est monté au beau milieu du ciel, là-haut il peut faire très chaud. Dans la vallée entre Everest, Lhotse et Nuptse, au-dessus de six mille mètres, la température montait jusqu'à trente degrés. Sous la tente, nous étions en slip, dehors en tee-shirt et on transpirait après avoir retiré toutes nos couches de vêtements. Tu dois te mettre de la crème haute protection sur la peau exposée, le soleil est une caresse brûlante, il détache la peau par morsures. La haute altitude est violente, même lorsqu'elle montre son meilleur visage. La beauté est aussi violente qu'une tempête. Les alpinistes aiment le soleil, même avec sa force aveuglante et écorchante. Il arrive pourtant qu'ils négligent de se protéger, ce qu'ils ne feraient pas avec le vent, le brouillard ou le gel. Et pourtant, le soleil est tout aussi dangereux.

E : Le psaume 97 dit : « lumière semée pour le juste ». Il parle d'une lumière répandue par semence, une quantité de graines de lumières qui brillent. C'est une image qui ne pouvait venir à l'esprit qu'à ces furieux, appâtés par l'amour pour ce Dieu solitaire, à ces visionnaires excités par des visions. Leur image est parfaite, lumière semée, un fourmillement d'étincelles ardentes. Il nous arrive de plisser les yeux même dans l'épaisse obscurité où nous sommes.

Cette lumière, j'y ai goûté, et ce n'était pas celle destinée au juste du psaume, mais à un malheureux travailleur près d'une flamme oxhydrique. J'aidais un soudeur, lui avait des lunettes, moi non, j'essayais de regarder d'un autre côté tout en tenant les morceaux à souder, mais la flamme m'atteignait quand même. Au début, elle semble froide, puis elle donne la sensation d'une pluie d'épingles sur la pupille. La nuit fut à pleurer. Je coupai à l'aveuglette des tranches de pommes de terre crues et je les posai sur mes yeux chauffés au rouge. Je ne cessai de les changer jusqu'au matin. Ainsi se calma un peu de la brûlure, le jour suivant sur le chantier j'allais mieux. Le remède était ancien, mais valable.

N : En montagne, tu peux seulement attendre que ça te passe, d'habitude au bout de quelques jours, ou bien descendre en donnant le bras à un compagnon, à colin-maillard.

De la lumière semée, là-haut il y en a peut-être quand le soleil se montre derrière un versant et éclaire de biais toute la cristallerie de la neige. Il frotte la surface glacée et la fait scintiller. Le premier soleil fait peut-être une lumière semée, mais il faut des lunettes, sinon celui dont parle ton psaume devient aveugle.

(*Ante*)

E : Il y eut des hommes qui affrontèrent les pires intempéries sans équipement, sans défense. J'ai eu pour ami un poète yougoslave, Ante Zemljar, commandant dans la résistance pendant la Seconde Guerre mondiale. Après la victoire, Tito rompit avec Staline et de nombreux communistes yougoslaves furent incarcérés, soupçonnés d'amitié avec la Russie. Parmi ces milliers, Ante passa cinq années dans la pire des colonies pénitentiaires, l'Île nue, Goli Otok, à casser des pierres et à se faire casser les os par les gardiens. Dix pour cent des prisonniers mourut sous les coups, au début de ces années 1950.

Même là-bas, Ante a réussi à écrire des poèmes, sur le papier des sacs de ciment, avec un fusain, puis il les cachait. Il était interdit d'écrire. La poésie lui servit de cuirasse, de fête, de réserve d'énergie. Si elle n'est pas ça, la poésie n'est rien. Elle a été la plus forte machine de résistance du vingtième siècle pour ceux qui n'avaient foi en aucun Dieu. Dans un de ses poèmes de prisonnier sur l'île damnée, il a placé le mot « Himalaya ». Quand le matin le gardien lui fait parcourir le couloir avec le seau des excréments et qu'il crie derrière lui : « Bandit, vite », en le bourrant de coups, Ante a écrit :

Je me vante parce que j'oublie le gardien
(« Vite ! Vite ! »)
courage, me dis-je, j'oublie le gardien

(« Vite! Vite! »)
la plus grande victoire est d'oublier le gardien,
je me vante effrontément
(« Vite! Vite! »).
Le couloir, c'est l'Himalaya
avant qu'Alexandre l'entrevît,
c'est l'Atlantique avant Colomb,
que de siècles de voyage pour le traverser
et moi je l'ai franchi
et j'ai oublié le gardien dans le couloir
(« Vite! Vite, bandit! »)
et moi je l'ai oublié,
je suis le voyageur et le timonier courageux
avec le seau à travers le couloir
je dois forcément me louer de ma découverte,
plus grande que la vôtre, alpinistes,
plus grande que la vôtre, marins,
je lance un regard :
la courbe du couloir tourne au-dessus de l'Himalaya,
je suis Alexandre qui se montre là-haut,
aussitôt après voilà au contraire San Salvador,
je suis arrivé.

Il y eut des hommes qui réussirent à passer des jours et des années dans ces expéditions d'un mur à l'autre, dans la pression écrasante des centimètres, dormant sur de méchantes tables, les coudes emboîtés dans ceux de leur compagnon de cellule. Et ils ont ainsi voyagé en doublant le cap du jour avec la secrète fierté d'être des alpinistes et des marins, rappelant en eux-mêmes les énergies de ces autres entreprises, tandis qu'ils se baissaient sous les coups et s'agrippaient à la vie avec des bouts de poésie pour ne pas se laisser arracher du sol. Ante Zemljar est mort l'année 04 du siècle en cours et une autre fenêtre s'est fermée pour moi. J'ai fait le maçon et je sais qu'il est beau d'ouvrir une brèche, même illégale, dans un mur, pour y faire une fenêtre. Et je sais que murer une fenêtre, en éteindre la lumière, est un deuil. La perte d'Ante Zemljar est une fenêtre murée. J'y ai mis la dernière main avec un grossier crépi pour ne pas la cacher, pour rappeler que là se trouvait une ouverture au sud et que derrière il y avait une pièce et un homme.

(*pour d'autres vers*)

Ce vingtième siècle fut un siècle de barbelés et de barreaux. Ma génération a été la plus incarcérée de l'histoire d'Italie pour des raisons politiques. Pour un prisonnier, la beauté est la pensée indispensable à sa résistance. La beauté du monde, malgré le malheur arrivé, la beauté cachée partout, même dans un rayon qui parvient à forcer l'obscurité de l'isolement à travers le nœud du bois qui a sauté dans la poutre condamnant la fenêtre. La beauté a été décisive plus que le courage, pour donner corps à la résistance.

Sur les murs des cellules, on voit des photos de femmes nues, ce n'est pas seulement un défoulement charnel, un remède à la désolation de l'ameublement. Il existe un besoin de beauté en tout détenu qui lui permet de sauver le temps. Car le temps de la peine n'est pas pris et jeté, déchargé du dos comme du lest, mais il est sauvé avec la peine. Le prisonnier sort, n'habite plus là, non seulement dans son sommeil, mais à chaque moment de veille où il s'attache à une touche de beauté.

Je ne sais pas à quel point nous sommes de la nuit, mais ce doit être une heure où quelqu'un qui n'arrive pas à dormir ouvre un livre de poèmes, parce que des vers bourdonnent dans ma tête. Hermann Melville, celui de *Moby Dick*, concluait ainsi un de ses poèmes : « Colomb a terminé le roman de la Terre, il ne reste aucun nouveau monde à l'humanité. »

La planète avait toute été explorée. Il se trompait. Et celles-ci ? se demandèrent certains en regardant les sommets des montagnes. Là-haut, il manquait nos pas de bipèdes sans ailes, grands voyageurs fouineurs. L'alpinisme a été le dernier paragraphe de la géographie.

Je suis entré dans le massif du Mont-Blanc. « Blanc » est le titre donné à la montagne par ceux qui l'aperçoivent de loin. Quand on s'enfonce dans les glaces, on voit qu'il est fait de rayures de crevasses sombres, comme un manteau de zèbre. Le granit des parois en revanche est une peau d'aubergine frite. Le son des avalanches a la cadence de la respiration d'un vieil homme qui ronfle par moments. Le ciel est une lame aiguisée avec des bords coupants. On est dans le Blanc et aucune couleur ne l'évoque, pas même le névé qu'on écrase et qu'on pétrit, il fait penser au contraire à la vendange faite en écrasant le raisin dans la cuve pieds nus. J'ai ressenti la même chose une fois, avec Ovidio Bompressi, dans sa Massa, sur les collines du Candia, quand ses barreaux n'avaient pas encore fait leur apparition.

Pourtant, au retour d'une journée sur le Blanc, tu confirmes son nom. Blanche est la somme de toutes les couleurs traversées, blanc est le total zéro au terme des énergies dépensées. Si tu pouvais le laisser ainsi, blanc, l'espace grimpé, passer sur les traces avec de l'encre sympathique, le refaire intact comme après la tempête. De retour d'une journée sur le Blanc, il reste le regret de l'avoir sali.

(*Ulysse*)

Nos ancêtres sont allés à la chasse d'immense. Ils agrandissaient ainsi la vie. C'est pourquoi l'astronomie a été la première science des civilisations. La nuit fut explorée plus que le jour parce qu'elle était bien plus vaste. La pensée a forcé les secrets, chipé des connaissances pour élargir le champ de la vie étroite. Lorgner l'infini fait augmenter l'espace, la respiration, la tête de celui qui l'observe. À force d'étonnement, la science a progressé. Éprouver de l'émerveillement est une qualité scientifique essentielle, parce qu'elle incite à découvrir. J'ignore s'il en est encore ainsi, je ne connais rien à la science et je ne connais pas de scientifiques. Le terme même de scientifique me rend soupçonneux. Pourtant, s'il n'y a plus d'étonnement dans le déclic de celui qui s'enferme dans un laboratoire, tant pis pour lui et tant pis pour la science. Ce fut l'immensité sans fin de la nuit qui ouvrit les pensées de nos ancêtres. S'apercevoir que l'infini existe est déjà un début d'entente entre la toute petite taille de la créature humaine et l'univers.

La distance était telle qu'il fallait la remplir par des divinités. Nos ancêtres se sont raconté les plus merveilleuses histoires sur les dieux. Les récits viennent de la théologie, qui a commencé autour des feux allumés.

Une de ces histoires terrestres raconta le privilège d'avoir été créés à l'image de la divinité. Sans miroir, de mémoire, le Dieu de l'Ancien Testament tenta un autoportrait. Mais même sans parvenir à cette prodigieuse nouvelle, l'espèce humaine a senti le besoin respiratoire d'élargir ses bronches et de franchir les bords de l'existence assignée. Ce besoin fut plus important que de s'organiser en communautés sociales. Les nombres qui permettent les calculs du ciel précèdent les législations, Pythagore vient avant Périclès et Platon. La découverte du cycle d'apparition des comètes et des éclipses précède la *polis*. Les règles du triangle apparaissent avant la politique.

La première ascension au sommet du Mont-Blanc précède la Révolution française. Toutes deux appartenaient à la même génération, à la même articulation du temps, mais le besoin d'explorer arrive un moment avant la nouvelle charte des droits civils. Avant que la belle trinité de liberté, égalité, fraternité transforme le sujet en citoyen, notre espèce sut qu'elle pouvait fouler le sommet du Blanc. C'était un jour d'août. Un an plus tard, serait prise la sombre forteresse appelée Bastille, mais une fois encore l'esprit d'Ulysse précédait celui de Socrate.

Toute une quantité de résidences était assignée aux dieux sur les montagnes. En y mettant les pieds, nous les avons délogés. Nous les avons chassés des neiges éternelles de l'Olympe, puis systématiquement de tous les sommets atteints. Il reste peu de montagnes sacrées, dernier enclos protégé. Les dieux se trouvent maintenant dans des réserves comme des Indiens. Le Kailash, appétissant panettone du Tibet, parcouru en rond par les pèlerinages, résiste comme preuve d'abstinence, l'hommage d'un libertin qui renonce à déflorer la dernière. L'alpinisme se répand, les pratiquants augmentent, tandis que son champ se restreint, que diminuent les sommets non atteints. Une revue spécialisée dénombre environ cent quarante montagnes vierges dépassant les sept mille mètres. Les grandes entreprises dont on parlait dans les journaux et qui émouvaient même les gens éloignés de l'alpinisme sont finies. Aujourd'hui, on récompense de hardis casse-cou qui ouvrent des voies difficiles que personne ne refera, des actions uniques d'aucun impact.

Il ne reste que ton exploit, la première femme qui fera l'ascension de tous les huit mille de la terre. Aujourd'hui, les femmes font les pires métiers des hommes, soldat, croque-mort, président, mais celle qui réussit à porter son poids jusque là-haut fait une spécialité de valeur. La hauteur a été une prérogative masculine et toi tu es en train de violer la dernière démarche restée en exclusivité. Tu la forces pour toi-même mais aussi pour les femmes, la majorité de l'humanité. Tu le fais avec des hommes et c'est une belle preuve d'alliance. Là-haut, votre nœud paraît plus fort, pour nous qui le regardons d'en bas. Montale écrit : « Nous te regardons nous, de la race / de qui demeure à terre. »

N : Moi je sais pourquoi je suis ici, mais toi qu'est-ce que tu fais là ? Ici, on ne peut pas être léger, franchir en libre des toits saillants. Ici, chaque pas est un coup de patte dans la neige avec des pointes d'acier, une fatigue d'ouvrier sans élégance, enfonce et tire, enfonce et tire, tant que tu as la force.

(*bage*)

E : Ici, plus qu'ailleurs, je ne suis pas à ma place. J'ai appris à franchir des précipices, à tenir des prises d'un seul doigt, à étudier pendant des semaines les passages d'une difficile séquence, à l'éprouver jusqu'à la justesse de l'exécution en libre. Ici, le peu que j'ai appris est nul. Mais je ne réponds pas à la question de savoir ce que je fais là, je réponds à celle-ci : à quoi ça sert ? Voilà, pour moi, escalader a une valeur ajoutée, celle de ne servir à rien. Dans le grand atelier quotidien des efforts consacrés à un avantage, à un intérêt, l'escalade est enfin affranchie de l'obligation d'être utile. Elle désobéit à la loi de marché qui prévoit des contreparties à l'investissement, au risque. Escalader, c'est seulement *àskesis* que nous traduisons par ascèse, mais qui en grec n'avait rien de spirituel, et qui était en fait un exercice, une pratique. Il est gratis, avec cette légère grâce qu'on recherche dans ses propres actes. La grâce qu'un poète, Blanca Varela, a qualifiée de graisse périssable.

Ici, plus qu'ailleurs, je ne suis pas à ma place, parce que je ne suis pas un voyageur et que dans ma vie je me suis déplacé par nécessité, pour un travail là où il se présentait, et les villes étaient l'adresse des chantiers. Je ne retiens presque rien de ces parages que j'atteins pour suivre quelques mètres de tes montées. Je me souviens des yeux bleus d'un Bouddha, du vol soudain d'ailes noires dans le ciel au-dessus de Katmandou après une explosion, des porteurs qui m'appellent affectueusement « bage », ancien.

Je me souviens de tes talons qui poussent vers le haut tandis que tu montes les mains dans les poches. Moi, je n'y arrive pas, mes mains servent à équilibrer mon tronc. Je me souviens de tes talons, le pas appuyé sur la pointe ; un ressort actionne tes jointures, une poussée à monter qui fait plaisir à voir et qui, à elle seule, explique pourquoi tu es une alpiniste.

Cependant, tu as raison, qu'est-ce que je fais ici et qu'est-ce que je fais en montagne ? Plus j'y vais et plus je vois que je ne fais pas le poids. Au fur et à mesure que mon expérience augmente, elle souligne encore mieux mes défauts. Connaître ne m'encourage pas, mais me pèse au contraire. J'emmène encore des amis qui s'en remettent à moi pour une belle journée de montagne, mais avec beaucoup plus d'attention. Je ne le montre pas car le meilleur de la journée sera de l'avoir passée sereinement même dans les endroits difficiles. Mais j'apporte toujours plus de matériel de secours, qui trouble mes pensées. Il existe des fleuves qui ne sont pas d'eau douce, comme le Tage à Lisbonne, salé par l'Atlantique qui le remonte, il existe des mers non salées comme la mer Noire à Odessa, adoucie par les fleuves grandioses de l'Ukraine. Ainsi la montagne est-elle dans ma bouche un goût saumâtre dilué, où l'expérience accrue mesure mon insuffisance.

En attendant, mon nez me pique, l'électricité dans l'air est peut-être en train d'augmenter, tu la sens ?

N : Non, le baromètre de ma montre marque une pression constante.

E : Et pourtant, il me pique.

N : Et gratte-toi. L'électricité, c'est autre chose. Elle te met sur un gril, les crampons font un bruit métallique sur la neige, l'air a un grondement sourd, il enveloppe le corps dans un picotement d'épingles. Une maudite tension saisit mes nerfs, brouillés entre peur et rage. Laisse tomber l'électricité.

E : Je l'ai vue un peu moi aussi. Sous l'excitation, l'écorce de la montagne réclame la foudre, envoie du parfum électrique, elle est en chaleur et appelle le ciel pour qu'il la prenne. La montagne se frotte, elle a une odeur de rouille, une poudre de métal qui attire le ciel. Elle me fait sentir à la pointe de la salive le fer qui est dans le sang, la molécule qui transporte l'oxygène et le fait circuler. Une puce tombée dans une étreinte de géants, c'est ce qu'il m'a semblé être, tandis que le ciel prenait la montagne et la serrait fort.

N : Tu en inventes des choses.

(*miracles*)

E : Par rafales, et écoute aussi celle-là : les miracles sont de la même nature que les éclairs. Ils ne viennent pas seuls, mais par attraction vers un point qui palpite, qui appelle. Alors, une énergie de sabots au galop se précipite sur les centimètres d'un corps et va le sauver.

Les miracles sont fréquents, ordinaires. Ils soutiennent continuellement la vie et quand elle cesse c'est parce qu'elle a cessé d'envoyer une charge pilote pour servir de guide au miracle. On meurt quand on ne demande plus. Le verbe de la vie, c'est demander, avoir une question, lancer le point d'interrogation vers le haut, assombri ou dégagé. Demander pour forcer la solitude, envoyer loin à voix basse la requête, parce que le souffle et non pas le cri va loin. Demander parce que ne pas demander, c'est capituler.

Les alpinistes parlent volontiers, même en non-croyants, de miracles survenus. Sans nécessité de remonter à un credo, ils admettent l'intervention d'une force supérieure. Ils appellent volontiers miracle la vie renouvelée qui a été sur le point d'expirer. Les miracles sont innombrables et adviennent pour la majeure partie en secret. Ils sont le trafic intense qui a lieu par frottement entre la terre et l'air qui l'entoure, l'accompagne, tandis que la planète visse ses rotations. Les gaz d'oxygène et d'azote prévenants ne relâchent pas leur étreinte. Un air qui adhère si fort à une planète dans sa course, fait ensuite des incursions dans la matière et l'égaye en la sauvant.

S'il est vraiment nécessaire de faire remonter les miracles à la divinité, alors c'est une divinité qui ne peut éviter le raz de marée dans l'océan Indien, mais qui peut accourir sur place pour arracher un reste de vies, inventer des exceptions. Ce sont des tours de prestidigitation d'un artiste de cirque qui laissent les enfants bouche bée. Eux s'y connaissent en miracles, ce sont eux qui les voient se manifester le plus souvent. Ce qui compte, pour les voir, c'est d'être prêts à s'émerveiller.

Né au Sud, j'ai été entraîné à la ruse, aux réflexes rapides pour ne pas passer pour un con. On doit faire preuve de rapidité. Le passant de Naples est tenu d'agir avec dextérité, de mettre en œuvre tout un système de précautions pour éviter vols à la tire et mauvais coups. Chez nous, la victime d'un vol est aussi coupable de ridicule. Chez nous, on désapprend la naïveté, l'étonnement.

Mais détaché de là, déplacé en montagne, j'ai retrouvé l'impulsion de m'étonner. Certaines religions recommandent l'étonnement. Être face au monde et aux gens avec la surprise de se trouver devant des merveilles, les yeux bien ouverts et les vaisseaux sanguins dilatés. En montagne, je recommence à m'émerveiller, à être une créature antique qui, au bout de son épine dorsale, où le dernier os montre la rupture de la queue, sent vibrer des vertèbres qui frétillent. Le nez élargit ses narines, renifle et pêche dans la mémoire logée dans les muqueuses. Sans odeur, je ne sais pas me souvenir. L'étonnement est un déclic de gratitude, en montagne je l'apprends à nouveau et j'arrive à voir le monde et les visages à la lumière rasante des apparitions. Voilà encore les montagnes, le cou se plie un peu en arrière, les pupilles vont vers le plafond, s'il y a du soleil la main se met en visière sur le front. C'est le sommaire « garde-à-vous » du corps, étonné de se trouver là.

La fréquentation des parois offre bien des surprises, dont celle de les voir vieillir. Je les touche de mes doigts et de mon souffle, à la distance d'un baiser, les voilà lézardées, forcées par la glace qui se dilate dans les fentes, par le vent qui pousse les cailloux en bas, par les éclairs qui frappent à coup de marteau. Et par nous qui venons détacher d'autres petits bouts par erreur, avec la prétention de nous accrocher alors que nous effritons.

De loin, d'en bas, elles semblent éternelles, immobiles, mais en fait les montagnes tremblent, déversant des avalanches, et il peut suffire de l'onde sonore d'une voix en écho, du coup d'aile d'un faucon, du léger sabot du chamois pour faire écrouler tout un versant. Les montagnes vieillissent, les éboulis à la base des parois sont les débris d'un corps qui s'écorche et s'émiette. Quand nous les remontons avec peine, quand nous nous jetons sur elles en descente, nous passons sur leur temps écoulé, détaché. Les éboulis sont un fond de clepsydre.

(*claquettes*)

L'alpiniste est le dernier singe humain qui se sert de ses mains pour bouger, avancer, le dernier qui sait toucher la matière dans le bon sens. Je suis un homme du Sud, un homme qui monte avec un bruit de mer dans les oreilles et qui confond le grondement de la vague sur la plage avec le rythme du souffle en montée. Je pensais à la mer, quand j'étais enfermé dans le caisson hyperbare. Je me suis allongé dans cette tombe de plastique, Manuel a tiré la lourde fermeture éclair et de l'extérieur ils ont commencé à pomper de l'air dans le sac. Ces coups derrière ma tête faisaient le bruit des vagues. La pression augmentait, l'altimètre descendait, moi derrière mes yeux fermés je me promenais sur une plage. Par les fentes du plastique, Manuel me demandait si tout allait bien, je répondais oui, bien, loin. Je voyais les visages qui se penchaient sur moi comme des nuages de passage. Je pensais aux plus beaux nuages de ma vie, dessinant des choux-fleurs sur des couchers de soleil de juillet dans les Dolomites, décoiffés par des flocons violet foncé. Ce doit être ainsi quand on meurt, les visages ressemblent aux nuages.

J'ai eu une ouïe dépaysée qui avait besoin d'associer un bruit présent avec un autre éloigné. Pour trouver de la patience, j'ai eu recours à une rime ébréchée. Du temps où je passais huit heures au marteau pneumatique, et où mon corps était le prolongement d'un compresseur, j'imaginais que je tenais entre mes bras la plus passionnée des danseuses de claquettes. Je sortais du travail tellement épaissi que je ne sentais rien. Je tanguais sur le chemin du retour, ivre de secousses des souliers aux yeux, avec une grimace de danseur qui a essayé toute la soirée de ne pas se faire écraser les pieds par la dame mécanique et frénétique.

À cette époque-là, j'ordonnais à mon corps de ne pas sentir, de s'enfermer intérieurement. J'y arrivais un moment, puis les coups suggéraient un rythme. Mon voisin de marteau tapait des rafales sans métrique, moi j'essayais de faire cracher des syllabes à l'outil. J'aimais alors les heptamètres, je frappais sept coups, une petite pause, sept coups. Je me trouvais en France, je démolissais les gradins d'un vieux stade, c'était l'été. Nos marteaux pneumatiques faisaient un vacarme d'applaudissements. Dans ce stade, l'Italie avait remporté un championnat de foot avant la guerre. J'étais là où mon père avait désiré être dans sa jeunesse. Je démantelais notre place au stade. Il était trop tard pour nous deux, pour être des spectateurs, posséder deux billets d'entrée d'un match. Il m'avait amené une fois, et c'est tout. J'ai dû l'ennuyer avec mes questions. Sur ce chantier de France j'avais une trentaine d'années, ouvrier depuis une demi-douzaine, j'avais appris à démolir. J'aurais pu dire ceci de moi à cette époque :

un homme qui produit des décombres. La poussière se soulevait, emportée par le vent d'ouest. À midi, je m'étendais étourdi pour voir les nuages venus de l'Atlantique, encore tout blancs d'océan.

Puis j'ai dû me servir du marteau pneumatique à l'intérieur, pour la démolition d'une grande chambre forte. Ainsi mon ouïe est-elle devenue définitivement visionnaire. Pour refuser ce bruit, j'en inventais d'autres à accoupler avec celui-ci. Dans l'avion à hélice qui nous menait de Katmandou vers les prairies de Lukla, je regardais dehors la masse houleuse de l'Himalaya qui s'approchait. Le moteur, en vibrant, me ramenait à l'usine, quand je faisais partir la fraise géante et que tremblait la plate-forme où je travaillais. Dans le petit avion non pressurisé, je me suis retrouvé à l'atelier, et mes yeux qui regardaient dehors un tout autre pays ne pouvaient pas m'aider, car l'ouïe devenue visionnaire est plus forte et c'est elle qui décide où je suis vraiment. Je ne suis revenu parmi vous qu'au moment du drôle d'atterrissage à Lukla, une courte rampe en montée que les pilotes abordent de bas en haut. Quand les tours de moteur ont diminué et que l'avion a posé ses roues à terre, j'étais à nouveau avec vous. Je me suis souvenu de la femme et de la fille d'Hillary, mortes sur cette piste, en atterrissant à Lukla.

J'ai peut-être réussi à t'endormir avec mes bavardages. Le sommeil est une fine poussière qui se colle aux yeux. Celui qui raconte la répand de son souffle.

N : Je t'écoute les yeux fermés, par moments je m'endors, mais ce n'est qu'une bouchée, ou plutôt une gorgée de sommeil. Je me réveille et tu es encore là en train de raconter et c'est agréable.

(*souffle*)

E : À propos de poussière, il est écrit que l'Adàm fut fait avec la poussière du sol et le souffle de la divinité. De ces deux composantes, je crois que nous devons à la poussière le désir de voyage. La poussière court vagabonde avec le vent, il lui en faut peu, une bouffée, il s'en trouve même dans le sillon de glace des comètes, dans le corps des astéroïdes qui se défont contre l'atmosphère.

La poussière, son mélange, a poussé l'Adàm à forcer la connaissance, qui comporte toujours la sortie d'un enclos, d'un jardin. L'espèce humaine s'est répandue partout sur la surface de la planète, à l'image de la poussière.

Dans l'hébreu ancien de l'histoire sainte, ce n'est pas une matière méprisée, à balayer, elle est même fertile et contient la promesse de la descendance d'Abraham.

L'autre moitié, le souffle fait de vapeur de la divinité, est au contraire le moteur de la vie, le prodige d'électricité qui donne un élan de vertèbres à la poussière. Ce souffle venu de l'extérieur fait comprendre que même le souffle ne nous appartient pas.

L'hiver, en escaladant des parois, il sort du blanc de ma bouche, je le vois et je m'aperçois qu'il n'est pas à moi. C'est une vague qui entre et sort du corps, comme l'eau de mer qui filtre entre les valves du coquillage. « Dans ta main je suis pour confier mon vent », écrit David dans un psaume que Jésus en agonie répète sur le bois de l'échafaud romain. Ils disent vent pour désigner leur respiration, parce qu'ils savent qu'il faudra le rendre, il était là avant eux et continuera après eux. Ce n'est pas leur propriété, le piston des poumons, mais un prêt de vent. Je retrouve un bout de leur annonce quand j'escalade l'hiver.

N : Tu es trop radical, tu te définis comme un intrus, à présent même ton souffle ne t'appartient pas, mais enfin tu y habites aussi sur cette terre, comme tout le monde tu as quelque droit à y être en tant que locataire et non pas en tant que réfugié, étant donné que tu ne l'es pas. Moi, je tiens à mon souffle et je suis sûre qu'il appartient à mon corps, qui veut de l'air et respire aussi quand je dors. À haute altitude, on ne vit pas dans l'abondance, mais j'arrive à m'en contenter.

Quand je commence à descendre, mon souffle se retourne, il effectue un changement de vitesse. En montée, je l'expire sur l'effort, au moment essentiel quand les muscles réclament plus d'oxygène. En descente, je respire une fois le pas terminé, un demi-temps plus tard qu'en montée. Le corps qui avance en descente est un autre moteur. En montée, il a trimé pour porter les poids, il a pompé de l'air urgent. En descente, le souffle se distrait, suffisamment oxygéné. En descendant du K2, de huit mille quatre cent cinquante mètres d'altitude, chaque pas vers le bas, vraiment chaque pas me faisait mieux respirer. J'avais l'impression de sucer de l'air. C'est pourquoi j'essaie de maîtriser mon souffle en descente aussi, de lui donner un rythme. Cela sert à rester présent, à ne pas relâcher son attention. En descente, il est facile de se distraire. Les descentes les plus dures sont celles faites à partir des sommets. Nous sommes montés sans poids, en laissant tout dans la dernière tente. Mais une fois revenus là, nous démontons et rapportons le tout chargé sur notre dos. Les kilos de nos bivouacs pèsent sur la fatigue et sur les pas, en les faisant enfoncer. On est pris du désir de descendre vers le repos, vers l'oxygène plus riche, après les jours durcis et les nuits pauvres en sommeil, descendre, et tu voudrais jeter dans le vide ton sac à dos qui s'est agrippé à toi comme un naufragé et qui t'enlève tes forces. Mais nous le gardons, dans ce poids se trouve notre maison de haute altitude, le bagage pour la prochaine montagne, et je ne jetterais même pas une allumette antivent. Et puis il y a les déchets à rapporter, geste encore plus précieux pour qui veut retourner en montagne. Tu reviens si tu as bien débarrassé la table.

Il reste le fait que la descente du sommet est dure, et la joie de l'avoir atteint ne sert à rien. En descente, le temps grandit. Tu es à un jour du sommet, tu descends en pleine paroi, surchargé, et il te semble que tu es là depuis un temps si long et si confus que tu en perds la notion. Ce n'est qu'hier que nous étions sur les mètres de l'arrivée ? Tu as l'impression que c'était il y a une semaine. Au camp de base seulement, quand je retire de mon dos la charge portée, je reconnais le temps, la durée, je me réadapte aux heures, aux jours. Et je savoure ma joie en mangeant des choses solides, chaudes, cuisinées. Après le sommet, j'avale la joie par cuillerées.

(*nord*)

E : Merci du droit de citoyenneté, mais je ne peux l'accepter. Je ne suis pas un réfugié, tu as raison. Je suis un invité, une place ajoutée à table, à quitter à temps, avant d'être prié de sortir. Et je suis un passant de surface. Je n'ai jamais aimé les profondeurs, jamais pratiqué la spéléologie, l'alpinisme à l'envers qui descend dans la terre. Même à la mer, je nage volontiers, mais je ne fais pas d'immersions, je ne fouille pas les fonds marins.

Pour moi, l'alpinisme est un voyage de surface, un échange entre deux épidermes, le rocher et les phalanges des doigts. L'alpinisme, pour moi, c'est l'air libre. Quand je dois partir de nuit pour gagner du temps, je me sens comme au temps où je sortais pour arriver à l'usine à six heures, avec la première équipe. Et je ne suis calme qu'au moment où s'éclaire mon point préféré de l'horizon, l'est, l'origine du jour.

En revanche, l'ouest m'angoisse en montagne si je suis loin de l'arrivée et que je vois le soleil descendre, le ciel se rouiller et que je dois me dépêcher pour atteindre l'endroit où passer la nuit. L'ouest me presse, il retire le jour sous mes pieds. L'est me le prépare, il me l'offre grand ouvert. L'est est plein de forces fraîches à dépenser pour la montée, plein d'heures de lumière. L'ouest arrive en même temps que la fatigue, le dernier soleil sur le sel séché de la sueur, une odeur de soufre sur le bras qui a essuyé bien des fois le front, l'estomac vide.

Quant au sud, il dure peu en montagne. Je m'en aperçois au milieu de la journée, on est déjà bien haut sur la paroi, le sud est un souffle chaud, une soif soudaine, un son de cloches d'une église dans la vallée. Le sud est une gare sans arrêt, on continue plus loin, on va vers le sommet ramasser les quatre coins de l'horizon.

Vous, vous préférez les parois nord, qui sont à l'ombre et souffrent moins des changements de température. Sur les parois nord, les degrés Celsius varient peu et lentement. Il y a plus de silence, les courants d'air ascensionnels ont moins de poussée. J'ai connu peu de versants nord. Ceux du groupe Sella sont les meilleurs du massif.

N : J'habite au pied d'une paroi nord et pour moi c'est mon devant, ma voisine d'en face naturelle. Nous préférons ce versant. Le

K2 par le nord est plus solitaire et plus beau, l'Everest par le nord est plus imposant et plus économique aussi, les autorisations pour monter par le versant chinois coûtent moitié moins cher que par le côté népalais. Et puis les parois nord ont une odeur de froid que nul autre versant n'exprime. Il mord les narines, il est sec comme le sang du porc, qu'on égorge en janvier. Ici aussi, au Dhaulagiri, nous montons par le nord.

(*ronde*)

E : Nous parlons de montées et de descentes, mais nous n'avons encore rien dit des escalades à l'horizontale, quand nous traversons les parois dans le sens de la largeur, sans gagner de la hauteur. Dans les Dolomites, il y a des traversées célèbres, comme les quatre-vingt-dix mètres de la voie Micheluzzi au Ciavazes. En descendant par la face nord de la Cima Grande du Lavaredo, il faut atteindre le versant sud en passant par un chemin si étroit qu'on doit se mettre à quatre pattes par endroits avec un beau précipice à droite. C'est un parcours obligé vers la paroi de descente. Toi, en revanche, tu as escaladé pendant des jours le grand anneau qui tourne autour d'un système montagneux à peu près à mi-paroi. Tu as voulu démentir la loi qui dit qu'en montagne on monte ou on descend.

N : Nous voulions faire la première escalade d'hiver d'un long anneau qui tourne autour d'un massif de nos Alpes juliennes. C'est une paroi de sept mille mètres à parcourir à l'horizontale, avec de nombreuses dénivellations à une hauteur moyenne de deux mille deux cents mètres. La voie à suivre n'est pas évidente. Les premiers à inaugurer cet anneau furent ce cabri d'Emilio Comici et son second, Mario Cesca, au cours de l'été 1930. Ils l'appelèrent Vire des dieux. Avec Romano et Luca, nous sommes restés sur la paroi deux nuits d'hiver, en plaçant notre tente sur de très petits espaces à angle droit au-dessus de murs à pic et sous un ciel dégagé. Ces nuits-là, il y avait tant d'étoiles qu'on les voyait sur nous. Des nuits d'hiver bonnes pour se sentir reçus par la montagne.

Les ascensions en hiver permettent un plus fort isolement et donc un attachement animal à la vie environnante. Une de ces cimes se nomme Mère des Chamois, une autre l'Innommée. Nous étions leurs enfants, au cours de ces nuits. Nous ne cherchions pas leur point culminant, nous voulions refermer nos bras sur le massif en faisant le tour en rond.

Nous n'avions pas comme but un sommet, mais exactement le point de départ, le toucher en rejoignant le terme de la circonférence. Nous avons exécuté une ronde.

E : Pour les cent ans de la première escalade du Campanile du Valmontanaia, j'avais proposé à Mauro Corona de convoquer à la base de ce doigt de pierre des alpinistes et des marcheurs en montagne et de faire une chaîne humaine tout autour pour l'embrasser. Refermer le cercle en silence, par gratitude. On ne l'a pas fait, il reste à faire une belle réunion d'embrasseurs de roche.

(frontière)

N : Les Alpes juliennes, comme le reste des Alpes, sont une frontière naturelle. Celle avec la France et la Suisse est restée immobile pendant des siècles, chez nous, en revanche, elle s'est souvent déplacée. Auparavant, c'était une frontière avec l'Autriche, puis avec la Yougoslavie, maintenant la Slovénie. C'est curieux de voir bouger les frontières, de les voir changer de nom. Celle avec la Yougoslavie a été la pire pour nous. Beaucoup de terres ici, à l'est de Tarvisio, Fusine Laghi, sont la propriété des Slovènes. Maintenant on passe, mais avant il était difficile pour eux de venir faucher leurs champs. Et pour les alpinistes de notre pays, c'était une vraie galère d'escalader des parois dont le sommet était en copropriété. De l'autre côté, il y avait les gardes-frontières yougoslaves, les « graniciari » qui tiraient volontiers et touchaient une récompense s'ils prenaient quelqu'un franchissant la frontière. Ils savaient se cacher dans la neige, attendre des jours. Ils venaient d'habitude du Monténégro, de la Macédoine, envoyés là justement parce qu'ils n'avaient aucun lien avec les peuples frontaliers, toujours prêts à s'entraider.

La cime du Mangart, que nous avons en face de chez nous, était isolée de la ligne frontalière. Dans les années cinquante, le Club alpin décida d'ouvrir une *via ferrata*, un parcours équipé de câbles en acier et d'échelles, pour contourner la frontière. La *via* fut réalisée par de jeunes carriers qui durent se mesurer aux difficultés de la paroi et aux fusils des « graniciari ». On raconte les escarmouches qui eurent lieu entre ceux postés au sommet et les nôtres qui devaient aussi emporter leurs armes sur les parois.

Parmi les alpinistes, je mets aussi volontiers ceux qui allaient chasser l'animal à rapporter chez eux, le chamois. Pour la loi, ce sont des braconniers, des chasseurs de contrebande, pour les gens de la montagne c'étaient des hommes qui montaient là-haut et gagnaient à la sueur de leur front un peu de viande à mettre dans leur assiette. Et ils en bavaient. Ils devaient faire attention aux gardes-chasses d'ici, aux « graniciari » de l'autre côté, et entre-temps suivre les pistes accidentées des chamois. Ils passaient sur des à-pics ébouleux, avec les chamois au-dessus d'eux capables de faire rouler des pierres sur ceux qui se trouvent plus bas. Ils se défendent bien. En somme, aller attraper cet animal était une entreprise, chasse et fuite, courses où le chasseur était aussi le chassé. Une nuit, les « graniciari » surprirent une équipe de secours alpin partie récupérer une jeune fille blessée par la foudre. Elle courait en donnant la main à son fiancé quand une décharge le tua lui et la projeta elle par terre. L'équipe de secours décida de franchir la frontière, c'était le chemin le plus court, et elle fut stoppée par le cri habituel : « Stói ! », Arrêtez-vous. Ils furent sauvés grâce à l'intervention opportune d'un officier yougoslave, un des nôtres, né sur la frontière, qui avait été informé de l'opération de secours.

Les Alpes juliennes ont été des Alpes difficiles, un alpinisme aux pièges les plus variés. Romano vient d'un mélange de langues, de duretés, c'est pourquoi il reste volontiers silencieux. Dans sa région, le passage de frontière a souvent été une action de contrebandiers. Un jour, nous avons aidé deux jeunes Tchécoslovaques, Irma et Erik. Leur groupe campait dans la zone de Triglav, de l'autre côté de la frontière yougoslave. Ils s'étaient enfuis tous les deux pour voir Venise. Après un plongeon au Lido, ils s'étaient fait voler. Ils cherchaient le moyen de rentrer au camp. Nous leur avons fait passer la frontière. À l'époque, la traverser était encore une entreprise.

(*sirocco*)

E : Je ne m'y connais pas en degrés, d'après toi nous sommes à combien au-dessous de zéro ?

N : Nous sommes dans des sacs de couchage conçus pour moins vingt degrés, que veux-tu de plus ?

E : Je voudrais un peu de sirocco africain qui apporte du sable de couleur quand il arrive. L'année dernière, dans les Abruzzes, j'ai fait de l'escalade sur de la neige rose et orange, venue d'Afrique avec une tempête. Je voudrais un peu de sirocco dans le nez, j'ai la muqueuse gelée et je ne sens pas d'odeur.

N : Ça vaut mieux. Depuis combien de jours tu ne te laves plus ? De toute façon, pour la muqueuse et pour les voies respiratoires essaie de mettre ton nez au-dessus du réchaud quand l'eau bout. La vapeur protège du sec qu'il y a ici.

E : C'est normal d'avoir des désirs hors de portée, un souffle de sirocco, une bière, qui passent sans laisser de traces. En revanche, dans les moments difficiles je m'attaque à des pensées qui n'ont rien à voir avec la situation. Il existe dans l'océan Pacifique Sud une zone morte, sans vent. Les voiliers qui échouaient là par erreur devaient se débarrasser de tout leur chargement et de leur lest pour arriver à se déplacer. Ils jetaient même à la mer les chevaux, qui étaient l'arme la plus redoutable contre les peuples de l'autre hémisphère, terrorisés par la cavalerie. Cette zone de mer s'appelle « latitude des chevaux ». Je l'ai appris dans un livre d'un poète espagnol, Juan Vicente Piqueras. J'apprends volontiers des poètes et des travailleurs manuels quelques vers, quelques gestes qui bourdonnent dans mon corps. Bref, pendant les jours de vent fort, quand le vent ne s'arrête plus, je pense à la latitude des chevaux, au calme plat qui épuise les marins. La pensée de quelque chose d'opposé me tient compagnie.

Au cours des nuits bombardées de Belgrade en 1999, je me servais aussi du vers d'un poète russe, Mandelstam, en attendant l'aube, pendant les raids : « Eta notch nepopravima / a u vas iechtcho svietlo » (« Cette nuit irréparable / et chez vous il y a encore de la lumière »). Je m'adressais à l'Ouest d'où venaient les avions. Je ne sais pas pourquoi ça marche, mais c'est ainsi, j'ai besoin d'inventer une rime entre ce qui se passe et quelque chose d'autre. J'ai besoin d'associer une impasse dans laquelle je me suis fourré à une immense prairie. C'est ce qui me sert d'amarres pour ne pas sombrer. Je suis prédisposé au secours de la poésie, qui n'est pas l'art d'arranger des fleurs, mais une urgence de s'accrocher à un bord dans la tempête. Toi tu t'attaques aux piquets de la tente quand le vent veut l'arracher avec vous à l'intérieur, moi je m'attaque à un couple de vers et je me les chante pour rester calme. Pour moi, la poésie relève de l'urgence, ce n'est pas une flatterie au clair de lune. C'est un coup de salut.

(*sang*)

N : Tu me fais penser à la descente de la cime du Lhotse en mai 2004.

J'avais un début d'œdème cérébral, hébétée au bout d'une corde fixe je jouais avec le descendeur. Romano m'a vue et m'a comprise au vol. Il m'a injecté deux ampoules de cortisone, celles des médicaments essentiels que nous emportons pour ces cas d'urgence. Elles ne font pas tout de suite de l'effet, du reste à haute altitude rien ne fait de l'effet rapidement, l'absorption est lente. Luca et lui m'ont accompagnée, ils m'ont conduite pas à pas à la petite tente laissée à sept mille huit cents mètres et m'ont mise dans mon sac de couchage. Ça ne m'était jamais arrivé, je ne comprenais pas comment c'était venu.

Puis, une fois couchée, je me suis aperçue que ce jour de sommet, à huit mille cinq cents mètres, je venais d'avoir mes règles. Je crois que je détiens le record des plus hautes menstruations du monde. D'habitude mon cycle s'interrompt vers sept mille mètres, pour les autres alpinistes je ne sais pas. Je n'ai pas de rapports très intimes avec mon corps. Comme toi, je pense être une invitée et j'essaie de ne pas me faire remarquer par le maître de maison. Mais ce jour-là, j'ai eu un geste audacieux. J'ai mis les mains dans ce sang, dans le noir, la deuxième nuit à sept mille huit cents mètres, alors qu'un peu de clarté revenait dans ma tête. J'ai porté mes doigts à mon nez et j'ai eu un très fort désir de lait. Un bol de lait chaud à boire, sucer sa crème, m'en blanchir la bouche jusqu'au nez. C'était du lait qui venait d'être tiré, tiède de vache, chez nous on peut en avoir. Les yeux fermés, blottie dans mon sac, je reniflais mon sang et je souriais à un bol chaud plein de blanc.

Ma fertilité de femme s'en allait ainsi, dans l'endroit le plus stérile et le plus aride. Et puis, j'ai fait une autre chose bizarre. Je n'ai pas voulu laver ce collant, je l'ai jeté. Et c'est vraiment une chose curieuse car je ne jette rien, je tiens compte de la moindre chose, je suis économe.

Ce signe de sang perdu là-haut doit m'avoir fait peur, à cause de l'œdème aussi. Je ne l'ai pas voulu avec moi. J'ai jeté le collant par exorcisme.

(*laboratoire*)

Bien sûr, ici le corps s'use, mais il renforce aussi sa limite. À force de la toucher, la limite s'entraîne. On n'a aucune garantie que la fois prochaine ça ira mieux. Dans la zone de la survie, au-dessus de sept mille mètres, la marge d'amélioration accumulée peut se réduire brusquement. On l'appelle zone de la mort, moi je préfère la nommer autrement, non pas par superstition. C'est une altitude de laboratoire, j'imagine à l'intérieur de mon corps une chambre noire avec une lumière rouge allumée tandis qu'on développe une pellicule de la résistance. Je l'appelle zone de la survie. Le corps envoie de bons et de mauvais signaux, difficiles à comprendre. C'est pourquoi il m'est arrivé de ne pas m'apercevoir que j'avais mes règles au-dessus de huit mille mètres.

La tête doit être attentive à recueillir les signaux et mon système consiste à être très précise. Je suis pointilleuse sur les détails, je vérifie plusieurs fois l'équipement avant de commencer l'ascension du jour, car il n'est pas dit que tu puisses remédier par la suite à l'erreur faite sous la tente. Je vérifie si j'ai mes gants de rechange, ma deuxième paire de lunettes, si j'ai bien attaché mes crampons, même si c'est fatigant de se plier à genoux pour s'essouffler sur les fixations.

Le jour du sommet du Gasherbrum 1, aux trois quarts de la montée un crampon se détache, je le vois tomber. Dans ces cas-là, tu es bien embêté. Romano et Luca étaient plus haut, ils ne pouvaient pas m'aider. J'étais soudain boiteuse sur une pente assez raide qui ne permettait pas un retour dans de telles conditions. C'est une situation qui te terrorise et te réveille en sursaut si elle t'arrive en rêve. Là au contraire, elle te met à l'épreuve. Éveillés, on est plus courageux qu'en rêve.

Après m'être infligé une bonne dose d'insultes, j'ai réussi à atteindre la portion de cordes fixes et à monter cette partie verticale de paroi. Arrivée au sommet avec une chaussure et une savate, comme on dit, Romano m'en a dit de toutes les couleurs et c'était bien mérité. Luca a commencé la descente le premier et il a réussi à retrouver mon crampon au bas de la pente. Ce sont de bonnes leçons, mais à ce moment-là, elles te glacent. Il suffit d'une petite négligence et tu t'exposes à un danger accablant. Tu y repenses sous la tente et tu classes l'épisode dans la catégorie des accidents. Mais sur la paroi j'ai cru être perdue et j'ai dû trouver une façon de m'en tirer.

Le sommet du Gasherbrum 1 fut celui sur lequel, en fait d'étreinte, j'ai reçu la plus magistrale volée d'injures de ma carrière. Je les ai encaissées, bien sagement. À cette altitude et après des heures difficiles, je n'avais même pas envie de répliquer. J'ai ravalé ma fierté et en route pour la descente, Romano devant et moi derrière. C'était le deuxième sommet que nous faisions en peu de jours. Ce mois de juillet 2003, nous avons escaladé trois huit mille en vingt jours, le Gasherbrum 2, le

Gasherbrum 1 et le Broad Peak. Ce fut un marathon obstiné porté à terme sans nous arrêter un jour pour nous reposer. Un huit mille est une belle fatigue, trois en trois semaines, notre plus sévère épreuve physique. Je crois être la première femme à avoir accompli la trilogie des cimes du Baltoro en une seule expédition.

Le Broad Peak, le troisième de cette série frénétique de montées et descentes, était désert. C'étaient les derniers jours possibles, les autres expéditions avaient déjà démonté leur camp. Rien que nous trois, le trio qui arpentait les montagnes depuis des semaines, une petite tente pour deux, le réchaud, les sacs de couchage, en somme des bohémiens des hautes neiges. Le temps était assez bon, nous changions tous les jours d'altitude, une fuite que personne ne poursuivait.

Je ne regarde pas en arrière quand j'escalade, je ne me retourne pas pour mesurer la distance de la nuit précédente. Le jour, s'il est bon, est fait pour aller loin. Monter mille mètres de dénivelé à de hautes altitudes, avec toute la maison sur le dos, c'est aller loin. Ces jours-là, j'avais une faim de mètres, plus j'en montais et plus j'en voulais. Aujourd'hui, je me rappelle peu de chose de ces montagnes, je les confonds en un seul sommet à trois pointes.

Le jour où nous arrivâmes sur le Broad Peak commença par une aube sombre, brumeuse. Nous montions et le jour empirait. Il y avait de quoi revenir en arrière et se dire satisfaits malgré tout. Mais non. Nous montions dans l'obscurité du brouillard et personne ne disait rien. Chacun de nous trois pensait, bon, si on continue ça veut dire que c'est possible, que ce n'est pas aussi dur que j'en ai l'impression. Bref, personne ne parlait pour dire que c'était risqué de monter à l'aveuglette. Ainsi, nous avons forcé cette porte condamnée, nous sommes arrivés au sommet obstinés et unis, l'un derrière l'autre pour ne pas nous perdre de vue dans cet espace vide. J'ignore comment Romano a trouvé le bon chemin au milieu du labyrinthe de ce jour-là. Je le suivais par instinct et pour ne pas me laisser distancer, mais je n'y croyais pas. Je m'attendais à ce qu'il s'arrête, qu'il cherche des traces d'ascension : non, il descendait en silence, avec précision comme sur une piste battue.

Nous avons escaladé le Broad Peak dans des conditions infâmes. De là-haut, je n'ai rien vu. C'est une montagne étrange, tu arrives à un endroit qui est presque le sommet, mais le vrai sommet est encore éloigné de plus d'un kilomètre et il est plus haut d'un cheveu à peine. Tu marches à plat sur huit mille mètres vers le néant, c'était ainsi ce jour-là. Le vent volait de l'air, mais maintenant nous étions là et nous traversions le désert jusqu'au dernier bord avec l'habituel petit bouquet de chiffons au vent.

En descendant du Broad Peak, imagine ce que je pensais : dommage qu'il n'y en ait pas un autre, de sommet, à attaquer au vol. C'était la fin de la saison et la mousson allait arriver dans le Karakorum, avec deux mois de retard par rapport au Népal/Tibet.

(*voyelle* e)

Nous rentrâmes en dandinant de bonheur. Chaque jour qui éloigne d'une montagne atteinte est un jour de bonheur pour moi. Je mets le matériel en ordre, je le nettoie, je l'essuie, je le regarde avec un peu d'affection et de reconnaissance. Je fais le compte de ce qu'il faudra remplacer. Étape après étape dans la marche qui ramène en arrière, le corps retrouve des forces fraîches et, en regardant le matériel d'escalade, le désir de s'attaquer à une autre énormité de neige et de rocher renaît.

Notre retour des trois cimes du Baltoro fit de nous des grimpeurs connus. C'est une chose qui change les rapports avec les autres. Brusquement, ils s'adressent à toi sur un ton différent. Le long des pistes où se croisent les alpinistes, voilà qu'ils te saluent avec une cordialité et un respect qui me désarçonnent. Des gens qui jusque-là ne me regardaient même pas demandent des informations techniques. L'humanité est curieuse, elle se fixe sur de minutieuses hiérarchies, elle fonde le respect sur des degrés de difficultés surmontées. L'alpinisme est masculin, il a cette manie militaire de subdiviser ceux qui le pratiquent en toute une série de positions intermédiaires des généraux à la troupe. Après le Baltoro, nous fûmes promus tous les trois colonels.

Peu de femmes font de l'alpinisme. Notre indifférence aux hiérarchies n'a pas encore produit un style différent, une manière plus domestique de vivre dans le campement. J'ai proposé à d'autres femmes alpinistes de tenter ensemble l'entreprise, mais ça n'a pas marché. L'alpinisme de haute altitude est encore masculin. Quand l'une d'entre nous parviendra à refaire le circuit des huit mille, nous aurons retiré au genre masculin son dernier club privé. À partir de ce moment-là, l'alpinisme sera différent comme il l'a été le jour où le premier sherpa fit l'ascension de l'Everest avec Hillary.

Je ne dis pas que je suis en train d'escalader les huit mille au nom des femmes. J'escalade pour moi, pour ma faim de montagnes. Je ne suis qu'une alpiniste, mais avec l'article au féminin, une femme qui plante ses pointes de métal sur les parois les plus hautes de la planète. Une alpiniste, au féminin : *une* s'écrit avec un *e*, boucle à laquelle j'accroche mon petit drapeau de femme que je fais flotter là-haut.

Quand j'arrive au sommet et que ce peu d'oxygène glacé entre dans mon corps, se fixe en sang épais et gonfle mon cœur, moi je sais que j'éprouve quelque chose qu'aucun homme ne peut ressentir. Je ne suis pas mère, je n'ai pas accouché, ma fertilité se perd tous les jours, mais là-haut moi je suis la montagne, je suis Nives la pierre, Nives la neige, je suis une mère nature qui visite la dernière marche sous le ciel. Là-haut, je suis matière, terre mère, cellule mère, roche mère, branche mère, je suis tout *le* mère et quelque chose de plus que j'ai trouvé dans le dictionnaire. Je suis la voyelle *e*, la désinence féminine qui donne vie au monde, là-haut je plante le *e* au bout de tous les mots, de tous les pas, là-haut je sais que le monde est du genre féminin, il est force, lumière, atmosphère. C'est pourquoi je suis le *e* devant le nom d'alpiniste.

Pour les hommes un sommet est un désir exaucé, pour moi c'est le point de conjonction avec tout le féminin de la nature. Là-haut, je n'exulte pas. Là-haut, j'arrive au dernier point d'une couture, quand tu donnes un coup de dent au fil après le nœud et que tu le casses. Là-haut, je termine une reprise.

On a soif à force de parler, je bois une gorgée de thé. Cette nuit, on ne dort plus, on laisse venir le jour.

(*inspirations*)

E : Nous sommes deux taupes qui creusent la nuit pour arriver à la lumière. Nous la verrons pointer du côté de la tête, notre sac est tourné vers l'est. Je n'arrive pas à comprendre le féminin de nature que tu éprouves là-haut, et puis je n'ai jamais été au sommet d'un huit mille et je ne pourrai jamais y arriver. Mon masculin n'en est pas capable. J'aurais peut-être besoin d'un peu de ton féminin pour ajouter une poussée de nature à ma seule volonté. Je suis tout de même heureux d'être ici et de tirer dans mes poumons l'air pauvre d'une nuit d'insomnie. Je suis venu jusqu'ici pour goûter cet air, pour sentir l'odeur de mon corps qui répond au froid. Je mets mes doigts sous mes aisselles, je renifle, ici c'est une autre odeur, d'herbe coupée. Je détache doucement les mots.

En bas, dans les villes, les mots sont de l'air vicié, ils sortent de la bouche à tort et à travers, ils ne portent pas à conséquence. En bas, ils sont gaspillés dans le brouhaha de la politique, de la publicité, de l'économie qui disent des mots sans devoir les faire, sans poids. Ici, en haut, nous les gardons dans la bouche, ils coûtent énergie et chaleur, nous utilisons les mots nécessaires, et ce que nous disons nous le faisons ensuite. Ici, les mots vont de pair avec les faits, ils font couple.

Les pas qui m'ont porté à cette altitude sont pour moi des pas faits en arrière, au temps des besoins plus modestes. De l'eau fondue sur un réchaud, prise à la neige, une cuillère, un bol, lavés sans savon, avec de la poussière de glace, la maison portée sur le dos. Dans l'Himalaya, on revient en arrière, aux voyages des ancêtres, à leurs campements. Ils se déplaçaient selon les saisons emportant leur maison, leur famille et leurs animaux. Ici je retrouve l'air, je l'inspire si fort que je sais enfin ce qu'est l'inspiration pour un artiste. C'est de l'air venu de loin, respiré avant par des arbres et des générations, passé sur des éruptions et des bûchers, sur des déserts et des forêts, sur les mers et sous les ailes des oiseaux, sur le sang que les hommes versent entre eux. C'est de l'air nettoyé à l'intérieur de la centrifugeuse des nuages, vissé dans la spirale des ouragans, frotté par les éclairs, entré dans les prisons pour extorquer, extirper un sourire à ceux qui sont enfermés. Ici, l'inspiration entre dans le nez et la muqueuse renifle l'histoire de l'air, ses voyages.

N : Il y a un point précis en descente, sur le chemin du retour, où l'odeur de la terre parvient à mon nez. Pendant des semaines, on vit sur des croûtes de neige, aucune vie végétale autour puis, à un tournant du chemin en descente, le parfum de la terre se glisse dans les narines et va droit au cerveau. Il est tiède, c'est un réveil, une accolade de bienvenue, je souris en réponse. Je m'émeus à la première bouse de vache, à la première branche sèche, c'est l'accueil, un mouchoir qui me salue.

Romano s'en aperçoit après. Je lui demande : « Tu la sens ? » Maintenant, il sait que je lui parle de la terre et il répond non. Il a le nez plus gelé que le mien. Il lui faut plus de temps pour s'habituer à la terre. Son milieu, c'est l'autre, la haute montagne. Là-haut, il libère son énergie, il devient chef de troupeau, il relève la tête, qui est pensive en bas, il regarde, choisit, décide, sait quoi faire, toujours. C'est émouvant pour moi de le voir ouvrir une piste. Je fais semblant d'avoir un doute uniquement pour le faire réagir, agacé de devoir m'expliquer.

Puis, tandis que nous descendons, de retour vers les plaines, Romano se rengaine, il rentre dans son format d'homme en exil dans la vallée. C'est pourquoi, lorsque je lui demande si le parfum de la terre lui parvient, il répond non. Il n'a pas envie de le sentir, il veut faire durer l'air des neiges qui efface les odeurs.

Qui sait si les bédouins du désert sentent l'oasis dans le nez avant de la voir, ou les marins la terre avant de la repérer.

E : Nous sommes à une époque qui donne toute la primauté aux yeux. On est collé devant un écran et on achète des vitrines de lunettes. Mais pour moi, la vue est le dernier des organes à savoir ce qui se passe. Une avalanche est perçue par le bruit, par l'ouïe ; la foudre est sentie d'abord par la peau, les poils qui se dressent, les cheveux aussi, pour ceux qui en ont ; le froid, c'est la pointe de ma langue qui me le dit et une femme derrière moi, c'est mon nez qui me la présente.

N : Le nez est l'organe le plus négligé. Au lieu de le dégager, comme le font les chiens, nous nous le bouchons trop souvent. Pour moi, le nez fournit les meilleures informations et il peut les recueillir à une plus grande distance. J'arrive à sentir l'odeur de la terre à des kilomètres, son parfum qui monte en rasant le sol. Les yeux ont besoin de lumière et de champ, le nez non, même dans le noir, même dans un horizon fermé, il recueille le signal. Je sens la terre qui débouche mon nez éteint par les semaines au-dessous de zéro et je me dis : « Terre, terre », comme les marins de Christophe Colomb. Je suis terrestre, j'aime rentrer dans la tiédeur des vallées himalayennes, regarder de nouveau les rhododendrons qui viennent à ma rencontre à partir de trois mille mètres, retirer mes lunettes de haute altitude et reposer mes yeux, sentir le grondement des fleuves et non des avalanches. J'aime aussi la boue sur les chaussures, ses couleurs qui changent en séchant, après tant de neige, et enfin la pluie, que c'est beau une averse tropicale après les tempêtes sur les parois. Cette année, sur le Dhaulagiri, nous sommes aussi montés avec un temps incertain et nous avons essuyé une tempête d'éclairs au-dessus de six mille mètres. Nous avons dû nous débarrasser de nos piolets, nous fourrer dans une crevasse et attendre. Et comme ça n'en finissait plus, nous sommes rentrés sous un violent orage qui nous a suivis jusqu'aux tentes du camp de base. Donc, vive l'averse tropicale.

(*récipient*)

Et puis, dans la vallée, j'aime voir les visages des gens, non pas des alpinistes éprouvés par l'altitude, mais de ceux qui travaillent les champs, qui taillent des pierres, font paître les bêtes, vont au marché. Je retourne volontiers dans la vie, le sang se réhabitue à l'abondance d'oxygène, dissout la densité et le cœur bat des coups plus lents. Je m'écoute. Je suis habituée à surveiller les signes du corps. Il reprend ses fonctions, l'appétit, le sommeil, tout le reste.

Quand je rentre au camp de base en descendant du sommet, je suis capable de dormir pendant vingt-quatre heures. Je me roule en cocon dans mon sac de couchage et j'en sors quand je suis rassasiée. Je me réveille et je demande quel jour nous sommes. Il arrive que ce soit le soir. Alors, je mange quelque chose, et je suis capable de me rendormir. Et puis vient un matin où je me lève, je prends un solide petit déjeuner et voilà le sommet évacué. Mes pieds ressentent l'envie de se dégourdir à l'air, je regarde les montagnes et un chatouillement revient dans mes doigts. À ce moment-là, je jouis de l'ascension accomplie et je vais embrasser tout le monde. « Enfin, protestent-ils. Nives s'est rendu compte qu'elle est parvenue au sommet. Quand nous serons dans l'avion, elle s'apercevra que nous sommes aussi arrivés au camp de base. »

C'est comme ça, la joie vient pour moi après le long sommeil du retour, alors qu'eux ont déjà fait leurs bagages et qu'ils ont déjà la tête ailleurs. Moi, au contraire, je suis encore là, à la base de notre géant et je suis dans une paix parfaite, au point d'équilibre où je ne désire rien, seulement qu'il dure un peu.

J'ai la chance de faire ce qui me remplit et qui me vide aussi. Je suis un récipient qu'on doit verser jusqu'à sa dernière réserve d'énergie afin de pouvoir se remplir de nouveau. Et chaque fois la plénitude est plus grande, car la capacité à contenir est plus grande.

Je perds peu de poids par rapport aux alpinistes qui ont des excursions de dix kilos et plus entre l'aller et le retour. Je consomme peu, je suis une petite cylindrée. Et puis, cette année, il y avait les pâtes que tu as apportées de Naples et manger une assiette de spaghettis avec huile et parmesan au camp de base a été une fête. Sur la paroi, on peut prendre tout juste un peu de bouillon, une barre ou un morceau de fromage.

Bientôt il fera jour. C'est le moment le plus froid des vingt-quatre heures, le thermomètre ne va pas plus bas. Il s'arrête quelques heures, puis tout doucement, par dixièmes, il remonte. Moi je suis une fan de la température, je lui dis allez, vas-y, lève-toi flemmarde, pousse en haut cet échalas de thermomètre, qu'est-ce que tu fais, la grève du mercure ? Et à force de ronchonner contre le froid, j'arrive à gagner deux degrés. La différence n'est pas grande entre moins trente et moins trente-deux, mais il me semble que le temps s'améliore, que la journée s'annonce bien. Et puis s'il n'y a pas de vent, c'est merveilleux, nous pouvons même nous dire quelque chose.

(*la lettre* i)

E : Chez nous, à Naples, le temps se dit *tiempo*, comme en espagnol, car Naples a eu des siècles espagnols. Le *i* glissé dans le temps le dérange, lui ôte son allure inexorable. *'O tiempo* devient un robinet qui goutte parce qu'il est mal fermé, ou bien un poisson tiré à bord dont la queue claque contre le bois du bateau, ou une bouche édentée qui mâche doucement. *'O tiempo* est irrégulier. Il peut se mettre à courir et faire courir tout le monde avec lui, je l'ai vu dans les luttes politiques de la décennie soixante-dix, mais pour le reste des heures *'o tiempo* est beaucoup plus lent que le tic-tac des horloges qui veulent le mesurer.

'O tiempo. Pour un prisonnier, c'est un bâillement qui dure une année, c'est la petite vague indolente qui touche une plage et des pieds, *'o tiempo* est une nuit pleine d'étoiles qui pique les yeux. Il n'est pas lumière, ni même années lumière, *'o tiempo* est dans l'orbite des aveugles, il va à la vitesse des visions et des rêves, *'o tiempo* est un gamin des rues et non pas un professeur. Ici, nous entendons dévaler les avalanches. Pour moi, c'est le bruit d'*o tiempo*, son crachat. Il parle à travers des écroulements.

Dans une autre comédie d'Eduardo De Filippo, *Les voix intérieures*, un oncle se sépare de sa famille en se retirant sur une mezzanine. Là, il reçoit ses repas et, de là, il s'exprime seulement en utilisant feux d'artifice, pétards, fusées. *'O tiempo* ici, à cette hauteur, c'est cet oncle Nicola qui en a marre du monde, qui s'est retiré sur la mezzanine des montagnes et qui parle à travers les avalanches. Je m'efforce de faire le neveu qui en comprend la langue. Ici, on a envie d'être de la famille du *tiempo*, du *viento*, lui aussi avec le *i* espagnol en napolitain. Interpréter l'oncle qui s'est barricadé.

Dans la comédie, l'oncle Nicola meurt et il allume un feu de Bengale vert en signe d'adieu. Ses seuls mots avant le feu sont : « S'il vous plaît, un peu de paix. »

L'oncle est cette nature dont l'espace s'est réduit autour de nous, une terre émergée qui résiste à l'invasion en de rares endroits hostiles et l'un d'eux se trouve ici, à cette hauteur. Ici, nous faisons les intrus avec la promesse de ne pas laisser de traces, de les emporter également. Ce serait un beau geste que de recouvrir aussi un seul des pas que nous faisons en descente.

Je ne suis pas un savant venu avec des instruments pour mesurer la hauteur, l'âge du glacier, le fossile marin gravé à d'autres ères sur la croûte la plus élevée de la planète. Je suis un neveu venu écouter l'oncle *tiempo* et l'oncle *viento*.

(*feu*)

Je connais des personnes qui s'y entendent en matière de feu, qui savent les gestes à faire pour l'éteindre quand un incendie se déclare. Dans les bois, ils voient la flamme qui rampe sous la cendre et qui essaie de se rallumer plus loin. Ils savent que le marronnier brûle mal et que le pin d'Alep, attaqué par le feu, lance des graines et se répand. Ils savent que le chêne vert ne renaît pas et qu'un vieux bois résiste mieux, parce que les bois sont des personnes et accumulent de l'expérience. Ils savent que le versant sud brûle mieux que le nord. Ils savent que le feu est rouge, orange et noir, mais qu'au début il est blanc et gris.

L'envie me prend d'allumer un feu. Chez moi, dans la cuisine, il dure jusqu'à la nuit et le matin il repart avec les braises. J'ai quitté la maison fin mars alors qu'il était encore allumé, à mon retour il sera éteint. Au milieu, sera passé le chemin pour arriver jusqu'ici et tout le voyage pour descendre. Je le retrouverai en automne, le feu dans la pièce. Chez moi, seule la cuisine a droit au mot pièce, les autres sont des chambres. Pièce, parce qu'il y a le feu et qu'on se tient là tout le temps. Ici, la tente que nous démontons, que nous chargeons et que nous remontons est une pièce. Ici, une pièce est une tanière pour s'accroupir et nous, nous sommes la pièce sur un abîme.

J'ai trouvé ces mots écrits dans le livre du prophète Ézéchiel : abîme qui soulève. C'est l'abîme d'air autour des flancs, qui soulève les montagnes. Elles se sont fait une place dans le ciel, poussées par le fond de la terre. Il existe dans la nature une force de soulèvement, une lutte continue contre la loi de la pesanteur. Les arbres poussent par leurs racines pour monter occuper de l'espace, les marées soulèvent les océans, l'air sur les flancs des parois élève des courants ascensionnels, même le café dans la cafetière que nous avons apportée jusqu'ici veut monter. Les alpinistes qui se glissent dans les boyaux des sommets sont dans le sens de poussée de la nature. Il doit y avoir un sifflement de l'abîme qui appelle vers le haut. Descendre, c'est aller contre le courant.

N : Pour moi, cette suite de montées et de descentes est naturelle, je ne distingue pas de sens préféré. C'est beau de monter pendant des jours, se servir uniquement des muscles de poussée, puis inverser la vitesse, se mettre face à la vallée et faire marcher les muscles de freinage.

Tout en descendant, je sens la poussée de l'air qui remonte le long des versants et peut-être est-ce comme tu le dis, c'est la poussée de la terre qui se soulève, parente des marées et des cafetières moka. Mais l'abîme dont tu parles est une idée abstraite, je ne le vois pas. Je vois des flancs de montagne, des sauts de rocher et du ciel, je vois des bouts de monde, mais pas d'abîme. Si ce que j'ai sous les pieds est le vide, alors il sera toujours plus petit que celui que j'ai au-dessus de ma tête. Si je dois l'appeler abîme, il est au-dessus de moi et non pas autour. De toute façon, il n'est pas vide, il est habité par le vent, ou plutôt par le *viento*. J'aime le *i* espagnol. Il apporte un peu de Sud sur la paroi nord.

(*Aldo*)

E : Me voilà ici, je suis du Sud, né à Naples de Napolitains. Pourtant, j'ai un corps du Nord, je le tiens d'une grand-mère venue en Italie d'Alabama. Je suis de sang mêlé, comme il convient à quelqu'un du Sud. Mon père Aldo a été soldat dans le corps des alpins pendant la Seconde Guerre mondiale. Il partit poussé par l'imagination qui, chez un jeune, consiste à se croire nécessaire. Il revint persuadé du contraire, d'être superflu et entraîné par une cause superflue. La guerre était une haine de pères contre fils, envoyés à la mort contre des fils d'autres malheureux pères. Lui, orphelin à treize ans, avait cru aux adultes qui, de leurs balcons, envoyaient la jeunesse se battre.

La guerre fut pour lui l'occasion de rencontrer les montagnes. Il ne parlait pas de guerre, mais de marches et de sacs à dos, de mulets et d'hommes qui n'ouvraient pas la bouche mais qui parlaient en cachette avec les mulets. Des bêtes à prendre dans le sens du poil, avec lesquelles se lier d'amitié la nuit à la belle étoile. Il revint avec un répertoire de chants de la montagne. Chez nous, à Noël, il y avait une heure finale de chansons en chœur, qu'il entonnait avec son frère. Nous, les enfants, nous apprenions à glisser notre souffle dans le chœur, un exercice d'approche et d'égalité. Alors s'élevaient les deuxièmes voix, le contre-chant, une guitare aidait à battre la mesure.

À quarante ans, un premier infarctus lui interdit les montagnes. Il nous amena quelquefois skier dans les montagnes des Abruzzes. Il avait appris quand il était soldat, il descendait en se penchant en chasse-neige, le corps plié en avant pour compenser le poids du sac à dos. Même sans, il skiait penché de toute façon. Dans cette position d'écrasé sous un poids, il me ressemblait. Enfant, je marchais penché. Lui skiait plié parce que tel était l'équilibre enseigné par le sac à dos, par le grand air des fronts, où il maniait des fusils en terre d'autrui. Il avait dû aller en Albanie. Il ne parlait pas de guerre, je ne le lui demandais pas, je n'ai jamais su réclamer. Les hommes sont des animaux doués de parole, mais ils se transmettent mieux leurs expériences par le silence.

Après son infarctus, il regardait les montagnes depuis la vallée, à San Vigilio di

Marebbe où il allait en août. Après les dégâts du cœur, ce fut le tour de la rétine. Il pouvait seulement lorgner vers le lointain. Assis sur un banc, il regardait de profil vers des sommets qu'il ne pouvait pas voir, mais dont il se rappelait les détails. Il restait à les imaginer à l'heure du soir, avant de monter dîner. La lumière du couchant est impitoyable, elle détache toutes les rides des parois éclairées et insulte les aveugles. Il restait sur le banc, le profil face aux montagnes, ou bien il saluait des passants sans les connaître. Jusqu'au moment où je le rejoignais pour l'appeler à table.

« Là, il y a le Piz da Peres, je le montais de Furcia en une heure », disait-il en me montrant un point du ciel et ratant sa cible d'un quart d'horizon. Les aveugles ont un grand-angle dans la mémoire, une ouverture plus vaste que celle qu'ils ont perdue. Ils se souviennent d'un monde plus grand et se trouvent dans un plus petit contre lequel ils vont taper continuellement.

Une heure pour monter le dénivelé de sept cents mètres était une bonne allure pour quelqu'un qui fumait, il ne connaissait pas la superstition de l'entraînement et le soir il buvait du vin fort. Moi, j'y arrive encore, mais avec un encombrement de toxines plus faible et plus d'exercice. Bras dessus bras dessous, nous montions aux chambres louées. On était vers la fin des années soixante-dix, début des années quatre-vingt. Je parlais peu de moi, fils qui à trente ans gâchait de la chaux sur les chantiers après dix ans de politique d'affrontement dans les rues, les années de la colère civile, de sobriété alcoolique, transpiration et nerfs tendus. Je parlais peu de moi pour la raison habituelle, que les hommes se transmettent le temps en se taisant.

Il avait eu un sacré fils, détaché de la maison en fin de lycée, peu revu. Son regret : « Qu'ai-je pu lui donner ? » Il m'avait donné ses livres que j'avais trouvés empilés et prêts dans la pièce du sommeil, papier respiré la nuit et feuilleté le jour. Et puis, il m'avait donné les chants de la montagne de Noël.

Ses yeux ne pouvaient pas voir les montagnes qu'il me désignait, je les ai reçues également. Je me suis persuadé qu'il y avait pour moi des écritures et des montagnes. Dans cette tente, j'ai sur moi un de ses pulls apporté jusqu'ici pour avoir quelque chose de lui. Je suis dans ses manches, mon cou se trouve là où sortait le sien.

J'ai écrit les livres qu'il n'a pas écrits, j'ai escaladé les montagnes qu'il aurait voulu escalader. Je suis son fils parce que j'ai hérité de ses désirs. On n'hérite pas d'un grenier, d'une maison, mais de la pénurie, du devoir laissé, de la provision ratée. Pour prouver quoi ? Qu'on est davantage capable ? Pour moi, ça ne tient pas. J'ai cru au contraire lui devoir un dédommagement pour l'avoir affligé. Quand j'écris, je chuchote parce que je pense qu'il est resté aveugle même là où il est, et qu'il n'arrive pas à lire la page derrière mon épaule. Il aimait les histoires et je suis encore là pour les lui raconter.

Quand on l'a descendu, de travers et en le cognant, dans un sillon profond comme un défonçage de charrue, ce n'était pas mon père qui était enfermé dans la grande caisse de bois, mais un fruit de noyer ou d'amandier dans sa coque, et j'ai eu le désir de mouiller la terre pour le voir grandir. J'ai pu supporter ainsi les coups de pelle qui l'écrasaient là-dessous et le détachaient de moi, nos paroles encore tièdes et à peine déballées, dans les nuits de veille. À l'aube, il s'endormait et moi j'allais au chantier.

Cette année, ils me l'ont déterré, ils sont descendus dans le sillon pour le sortir. Il fallait de la place dans la terre. Les morts chez nous ne sont pas des graines, ils ne deviennent pas des arbres, mais des tiroirs.

Heureusement que tu dors, Nives, heureusement.

N : Qu'est-ce que tu disais ?

(*mauvais temps*)

E : Un contrecœur, mais je t'en raconte un autre. J'ai connu en Italie des années de politique et de mauvais temps stable. Pour beaucoup d'entre nous, de la gauche révolutionnaire, la loi en prime pour les repentis dans les années quatre-vingt fut une feuille d'expatriation. Quitter les frontières parce qu'une accusation fondée sur une déclaration, sans la moindre preuve pour la faire tenir debout, suffisait pour être arrêté et envoyé au bagne dans les prisons spéciales, des années sans procès.

Telle était l'insouciante Italie des années quatre-vingt, des désinvoltes Arbore de la télé, des nouveaux enrichis sous le gouvernement socialiste. Pour beaucoup d'entre nous, ce furent des franchissements de frontières, en contrebandiers, vers la France, l'Amérique latine. Je me rendis en France comme travailleur manuel sur les chantiers de la banlieue de Paris, puis en Afrique, en Tanzanie, m'associant à des entreprises gratuites, de bénévolat. On se tenait à distance pour ne pas finir dans les procès sommaires des lois d'urgence, la prison guettant celui qui avait hébergé un fugitif, l'associant à la responsabilité des délits du groupe. C'était du mauvais temps et il dura longtemps.

Je rentrai d'Afrique décharné par les fièvres, dans la deuxième moitié des années quatre-vingt. Les repentis m'avaient épargné, j'étais un tison échappé de l'incendie. J'ai vécu à nouveau en Italie, un pays vide de nous. Aucun de nos milliers n'avait fourni d'alternance à la classe politique, à part quelques exceptions négligeables en nombre et en poids.

À la fin des années quatre-vingt, une secousse résiduelle de mauvais temps, un repenti arrivé en dernier et bien après l'heure, m'inscrivait à un tableau de malfaiteurs. Il s'agissait de l'homicide du fonctionnaire de police de Milan, Luigi Calabresi.

À cette époque, je revis dans les salles de tribunal de nombreux compagnons perdus de vue, venus se pencher sur ce bout de leur histoire politique. Je suivis le procès, j'écoutai les défenses fébriles, les justifications, les recherches d'alibis pour dire : moi je n'y étais pas. Nous étions partout dans l'Italie d'alors, un système vasculaire qui tenait les capillaires pour plus importants que le cœur. Dans cette salle, j'écoutais ceux qui cherchaient dans un calendrier de mille semaines passées (c'est ce que font dix-huit ans) les jours où ils n'y étaient pas. Moi, au contraire, je sentais croître en moi l'urgence de dire : nous y étions tous, nous révolutionnaires d'une Italie en effervescence partout. Là, je ressentis du dégoût pour les alibis. J'écoutais ces audiences de façon très distante, assis dans un marché de justice où l'accusation faisait et défaisait, et où la défense était en première ligne ripostant au détail. Un en particulier, qui semblait décisif pour eux et pathétique pour moi, était de savoir si un tel jour de mars 1972 il pleuvait ou non sur Pise. Les délits qui m'étaient imputés étaient déjà prescrits avant le procès, mais ils furent débattus malgré tout. Après bon nombre de jugements, il fut établi que nous, Lotta Continua, nous avions tué le fonctionnaire Luigi Calabresi. Trois restèrent dans le sac des prisonniers, dont Ovidio Bompressi, mon ami.

La justice pour moi c'est un jour de soleil en hiver, s'il vient il dure peu, s'il vient il sauve des transis de froid.

Du mauvais temps pour moi, Nives, ce sont les prisons qui durent encore pour les luttes politiques des années soixante-dix et quatre-vingt du siècle et du millénaire passés. Des massacres d'État restent impunis en même temps qu'une rancune conservée dans la glace envers nous autres d'alors. Je suis un citoyen coupé en deux, la moitié de mon histoire est toujours dans les prisons et dans les exils, où les damnés expient encore.

Je viens aux montagnes et je goûte un froid différent, qui se dissout dans la vallée, à la fin du voyage. Je viens d'un mauvais temps qui n'est pas échu. Ici, j'escalade les airs libres sans pouvoir me séparer de l'air des reclus, leur heure de marche dans une cour boyau avec une grille au-dessus de leur tête. Les plus longues prisons pour raisons politiques de toute l'histoire d'Italie, tel est le record de ma génération. Je ne viens pas sur ta trace pour oublier. Un prisonnier m'a écrit : respire aussi pour moi. Je ne sais pas le faire, je n'ai pas les poumons dégagés.

N : Non, ainsi tu ne peux pas monter. Ici, tu ne dois penser qu'à la montagne, tu ne dois porter d'autre poids que celui de ton sac. C'est un endroit qui exige tout, tu dois laisser ton mauvais temps dans la vallée, il y en a déjà assez ici. Toutes les pensées et tous les efforts sont absorbés par l'horrible tâche que nous nous sommes donnée, escalader cette grosse bête. Gare à toi, si tu as d'autres pensées. On dirait qu'elles te passent seulement par la tête, mais en fait tu les retrouves dans tes poumons qui te coupent le souffle, qui obstruent le passage de ton sang. Si, dès maintenant, cette ascension n'est pas la seule chose qui t'importe, tu ne peux pas la faire. C'est un lieu insatiable, il veut tout et souvent ça ne suffit même pas.

(*boxeur*)

E : Aucune chose au monde ne peut me prendre en entier. Une partie de moi-même n'est pas de cette ascension ni d'aucune entreprise ni d'aucune fête. Il vaut mieux parler d'autre chose. Je voulais te raconter ma première escalade dans les Dolomites, le jour où je me suis retrouvé avec une tête de boxeur. Le soir précédent, j'étais allé essayer des passages sur la paroi, j'étais tombé à cause d'une prise qui avait cédé et, en roulant sur les pierres, je m'étais cassé le nez. J'avais senti le coup et le sang sur mon visage, et sous mes doigts j'avais trouvé mon nez déplacé. Le cartilage avait déraillé sur la gauche. Il y avait de la neige autour, j'en avais pris une poignée et en l'appuyant sur mon nez j'avais essayé de le redresser d'un coup. Un bon coup sec et je l'avais ramené sur le nez, mais l'os de la cloison était cabossé, on sentait un trou. Je revins au refuge, le Vajolet, auprès de mes deux amis qui étaient restés pour défaire leurs sacs à dos. J'étais un masque de carnaval, ils furent effrayés. Autour de mes yeux, s'était formé le cercle noir des capillaires éclatés. Le lendemain matin, ils étaient gonflés, j'y voyais moins. Nous partîmes quand même, j'étais le premier de cordée à sa première escalade dans les Dolomites, je portais une responsabilité.

Jusqu'alors, nous nous étions mesurés sur les falaises, des escalades assistées par la ponctuation bien visible d'anneaux en acier. Nous voulions escalader Punta Emma par la voie ouverte par Hans Steger. Je la montai avec lenteur, cherchant et perdant le bon itinéraire, sans avoir apporté de pitons, espérant rencontrer ceux laissés sur la paroi. J'en trouvai peu, j'improvisai des relais, des ancrages pour bien assurer l'ascension de mes deux compagnons. Je lorgnais vers le haut de mes yeux larmoyants et plissés. De près je voyais, mais pas de loin.

Ainsi se passa ma première escalade, celle d'un boxeur sonné. La montagne m'avait fait passer, mais elle m'avait averti par une petite tape sur la figure et le nez cassé.

La deuxième escalade fut celle de l'arête de la Torre Delago, le jour suivant. On était encore en juin, il y avait de la neige, la paroi était froide. J'arrivai au premier relais en secouant mes doigts pour leur redonner de la chaleur. La troisième fut la voie Schubert au Ciavazes du groupe Sella. Nous nous étions encordés à trois, moi en tête, mais la longueur initiale en rocher de quarante mètres me coûta une heure. Je montai donc seul avec la femme derrière moi, son mari décida que nous serions trop lents à trois. Et en effet, à deux nous mîmes huit heures. Nous revînmes de ces trois premières escalades un peu abrutis. Moi, j'ai continué, eux non. J'avais alors quarante ans et un culot devant le rocher qui me manque aujourd'hui. J'affrontais en montagne des difficultés qui étaient ma limite maximal. Aujourd'hui, je vais à des degrés inférieurs à mes possibilités. Je préfère toucher des prises plutôt que de les serrer à en mourir, au bord de mes forces.

Là où l'à-pic est plus grand, j'ai appris à grimper pieds nus, pour doubler la surface de contact avec la roche. Les pieds sont préhensiles, les gros orteils sont des instruments de précision et s'ils sont enfermés dans des chaussons, comprimés à côté des autres doigts, ils sont éteints. Bien sûr, ils s'usent. Sur la voie de l'Abram au Ciavazes, j'ai dû leur mettre des pansements à mi-pente. Mais c'est un bon geste, à la base d'une paroi, que de retirer ses souliers au lieu de les mettre. Moïse sur le premier Sinaï, celui du buisson ardent, est prévenu par une voix que ce sol est sacré et qu'il doit enlever ses sandales.

Ici, la paroi n'est pas nue, elle est même trop couverte de neige et de glace, on escalade son vêtement, non pas son corps. Il y a trop d'hiver, ici, pour mes petites phalanges de bonne saison.

(*moules*)

N : Oui, trop d'hiver, chez nous il durait encore. La lune de mars finissait quand nous sommes partis. Chez nous, il faut celle d'avril pour que le nord donne un peu de bourgeons et que la neige perde prise sur les montagnes. Nous sommes partis avec l'hiver et nous le poursuivons. Pendant ces années d'escalade, nous sommes devenus des voyageurs de l'hiver. Les autres se dirigent vers les tropiques, l'été toute l'année, nous, nous nous offrons l'hiver. Le printemps pour moi est devenu une promenade pour aller et revenir des camps de base. Il dure le nombre de jours que nous mettons pour arriver en altitude.

En 2004, nous sommes partis fin mars pour le Lhotse et puis nous avons continué par le K2. Nous sommes revenus fin août en sautant printemps et été. Ce fut un hiver long de neuf mois. On dirait que nous le suivons. Il nous reste l'automne pour goûter une saison différente, si nous ne nous mettons pas à tenter un huit mille aussi en octobre-novembre pendant les semaines d'après mousson.

Ce n'est pas que je souffre du manque de saisons tièdes, mais quand viennent ici les jours de soleil déchaîné, dont il faut se défendre comme d'une tempête, ma peau voudrait rester nue, se parfumer un peu de basilic, s'endormir sous les cigales. Pour Romano, ce sont des pensées exotiques, de Caraïbes, lui n'en a pas, la montagne le comble tout à fait. Moi, je suis un peu méditerranéenne et j'ai parfois la nostalgie de mètres à zéro au-dessus du niveau de la mer, de glisser mon nez dans une moule, de l'assaisonner avec du persil et du citron.

E : Attention, Nives, tu as ressuscité en moi une poivrade de moules sur l'Himalaya. Tu évoques en moi une plage de l'île d'Ischia, une baraque qui cuisait à midi la pêche de l'aube. Les moules s'ouvraient dans la poêle l'une après l'autre et dans l'air flottait un parfum d'appât où le nez se laissait prendre.

J'allais détacher les moules avec mon couteau sur les rochers que j'atteignais à la nage. Je me baissais en eau basse, je m'affairais à la surface de l'eau. À cette époque-là, pour moi, un rocher n'était autre que ceux sur lesquels je montais et descendais pieds nus, je les fouillais sous l'eau. Il y avait encore des moules en liberté, et non d'élevage.

J'ai vu un film d'escalade de Patrick Berhault où il commence sur un rocher en partant de plusieurs mètres sous l'eau. Puis il arrive à la surface et continue à monter. Mon histoire alpine s'est un peu passée ainsi, des rochers immergés aux grandes parois de montagne. Mais je ne trouve pas ça étrange, à d'autres époques de la terre, les Alpes, l'Himalaya étaient des chaînes de montagnes sous-marines. Elles ont émergé et moi je les ai suivies. Si l'on creusait ici sous la glace, on verrait apparaître des coquillages.

(*visages*)

C'est l'heure de la première lumière où les insomniaques parviennent à s'endormir. Pour eux, le sommeil arrive de l'orient, de la fin de la nuit. Pour moi qui dors tôt le soir, c'est l'heure du réveil. Chez moi, je mets en route le café et j'ouvre l'Écriture sainte, un rideau de fer qui se soulève et fait entrer de l'air pour moi. L'hébreu ancien est un vent qui tourne dans une pièce dégagée. Je me réveille au-dessus d'un autre alphabet, un ordre inverse de lecture qui va de droite à gauche. C'est un éloignement du monde qui m'entoure.

J'ai commencé par me défendre du jour de travail qui prenait toutes mes énergies et me laissait vide, sans une heure à moi. J'ai placé l'hébreu ancien pendant l'heure qui précédait mon départ au travail. J'ai eu ainsi une heure à moi qui a sauvé mes réveils. Le croirais-tu, Nives ? J'ai été heureux de m'extraire du sommeil une heure avant mes compagnons de travail. Cette langue possède une gare de départ, une divinité monte à un petit arrêt et puis ne s'arrête plus, elle va répandre partout son monothéisme. Il y a dans cette langue une esquisse au crayon, le portrait-robot d'un Dieu unique et solitaire.

Je pense à notre Véronique qui, de sa main gauche, dans les étapes d'approche et au camp de base, dessine au vol nos visages. On lui a fait remarquer qu'ils ont l'air plus jeunes. Elle dit que les visages sont jeunes, les traits, la géométrie qui n'est pas plane et essentielle, ne vieillissent pas. C'est la peau qui déclare le temps et elle, elle l'évoque à peine. Ce sont les lignes qui comptent pour elle, leur enchevêtrement qui fait de chacun une figure à part.

Je n'y connais rien, je ne sais pas dessiner, mais je la crois. Pour moi, un visage est une expression géographique. Il en existe des désertiques, des sismiques, des plats, escarpés, venteux, marécageux. Tous ont un âge où ils sont justes. Véronique dessine cet âge-là, comme l'hébreu ancien le fait avec Dieu.

Aujourd'hui, on ne sait pas regarder les visages, dans la rue il est de règle de les éviter, de les parcourir en vitesse. Aujourd'hui, on couvre son visage derrière des lunettes de soleil même à l'ombre. Ils restent plus cachés que derrière un voile islamique. J'ai confiance dans les personnes qui savent regarder les visages, dans ceux qui examinent une paroi et en découvrent la ligne de montée. Se trouver face à un visage ou devant un versant de montagne, distinguer les lignes, les répéter en dessinant ou en escaladant : ces mouvements témoignent d'une affection pour le monde, d'un désir de participer. Je l'apprécie chez les autres sans l'éprouver. Je suis quelqu'un qui écrit et qui pourtant se tient à l'écart. Cette intrusion sur ta trace finira écrite, loin d'ici. Elle ne ressemblera pas à un dessin, l'écriture a besoin de distance.

Borges, l'écrivain de Buenos Aires, dit qu'il est un homme qui vient de si loin qu'il n'espère pas arriver. En lui, il y a au moins le désir de s'approcher, de tenter une étape.

(*dissémination*)

J'ai beau vider mes poches, je ne trouve aucune monnaie d'approche. J'écris depuis une distance sans raccourci, c'est sans doute pour ça que je suis resté un homme sans enfant, une branche sèche de celles que je détache des arbres du champ et dont je me sers pour marcher. Je ne peux pas dire que j'en ressente le manque, ce que je ne connais pas ne me manque pas. Et ici, c'est peut-être un soulagement de savoir qu'aucun enfant n'attend à la maison.

Au cours des années révolutionnaires les naissances étaient rares dans nos rangs. Quand il en arrivait une, je m'étonnais : quel avenir donnera un révolutionnaire à son enfant ? Puis, j'ai vu des compagnes accoucher en prison, élever leurs bébés là-dedans, puis devoir les saluer, confiés à l'extérieur. C'était douloureux, une autre peine qui s'ajoutait, mais il s'agissait d'une vie nouvelle, indépendante, qui continuait dehors. Les révolutionnaires doivent faire des enfants, beaucoup, ils doivent semer au-delà des enclos où ils finiront ensevelis.

Nous sommes des arbres, Nives, plantés dans le monde pour répandre des graines, mais ni toi ni moi n'avons voulu connaître cette floraison. J'ai mis des arbres dans mon champ, j'ai écrit des histoires qui s'en vont circuler entre les mains, mais les semences de la vie je ne les ai pas remises au monde. Je suis en dette, j'ai dérogé à la dissémination.

N : Il est tard pour les enfants. Maintenant, je suis enfermée dans un sac de couchage et je sors de là pour mettre des pointes sous mes pieds et empoigner des outils. Je suis dans l'au-dessous de zéro fixe des champs des hauteurs et je ne regarde plus mon corps pendant des semaines entières. Il reste fermé et compact comme un poing, ses œufs écrasés. Mon corps se rouvre dans la vallée, quand je suis prise d'un féroce appétit et que j'attaque la nourriture. Mon corps est devenu un loup, après les marches il se jette sur le repas, il se restaure, il repart.

Je ne sais pas s'il y a eu un temps où il était trop tôt pour faire des enfants, je sais que soudain il a été trop tard. Des fermetures éclair se forment dans un corps de femme.

E : À propos : mais combien en avons-nous par jour ? Tu as fait le compte de toutes les fermetures éclair que nous actionnons ici ? Celles de la tente, des pantalons, des vestes rembourrées, des gros souliers, des sacs de couchage, notre temps n'est qu'un ouvrir et fermer. J'étais en train de penser à ce zip continuel quand je suis monté faire quelques pas au-dessus des tentes sur le versant ouest du Dhaulagiri. Là-haut, j'ai trouvé l'endroit où l'on a enterré deux alpinistes, un Allemand et un Kazakh, tombés il y a plusieurs années. Ils se trouvent sous un monticule de pierres bien mises l'une sur l'autre. Et ainsi, tandis que je marmonnais mes stupidités sur la quantité de fermetures éclair, voilà les leurs, leurs vies fermées, celles-ci oui, en un éclair.

Les mots qui bourdonnent dans ta tête vont parfois cogner contre les choses extérieures et font un bruit de gifle sur la figure.

N : Il faut commencer à se préparer. Sortir du sac est le pire des mouvements quotidiens. Cette heure de gel pleine de petites besognes à expédier, de préparatifs, me fatigue plus que le reste de la journée. Cette année, Vinicio Stefanello de *Planet Mountain* m'a demandé pour son journal en ligne comment je me prépare à escalader. Qu'est-ce que tu t'imagines que je fais ? Nous allons rester dehors pendant plusieurs mois, je dois fermer la maison, régler deux mille affaires, des factures à la nourriture pour le chien, que veux-tu préparer ? Je dois faire attention à ne rien oublier. Romano s'occupe de ce que nous emportons et moi je suis chargée de veiller à ce que nous laissons. Une année, je suis partie sans dégivrer le frigo et j'ai retrouvé un iceberg. Comment veux-tu que je me prépare ? Je dois dégivrer le frigo. Et maintenant dehors.

(*mais*)

E : Cette année au Dhaulagiri, vous êtes arrivés sur un sommet à huit mille cent mètres : un poteau était planté là, signe que quelqu'un l'avait atteint et considéré comme un point final d'escalade. Vous vous êtes aperçus qu'il y avait un autre sommet à peine supérieur, derrière deux crêtes impraticables. Dans des cas de ce genre, d'autres alpinistes déclarent être arrivés au faîte et inscrivent la montagne dans leur curriculum. En bas, en général, ils en reçoivent même la confirmation officielle. Vous trois, Romano, Luca et toi, vous êtes descendus et vous avez dit l'avoir raté. Mais vous n'avez pas eu la tentation élémentaire de considérer le sommet comme atteint et de le mettre dans votre album ?

N : Non.

DU MÊME AUTEUR

Aux Éditions Gallimard

TROIS CHEVAUX, 2001 (« Folio » n° 3678 ; « Folio Bilingue » n° 204).

MONTEDIDIO, 2002, prix Femina étranger 2002 (« Folio » n° 3913).

LE CONTRAIRE DE UN, 2004 (« Folio » n° 4211).

NOYAU D'OLIVE, 2004 (« Arcades » n° 77 ; « Folio » n° 4370).

ESSAIS DE RÉPONSE, 2005 (« Arcades » n° 80).

LE CHANTEUR MUET DES RUES, *en collaboration avec François-Marie Banier*, 2006.

AU NOM DE LA MÈRE, 2006 (« Folio » n° 4884).

COMME UNE LANGUE AU PALAIS, 2006 (« Arcades » n° 86).

SUR LA TRACE DE NIVES, 2006 (« Folio » n° 4809).

QUICHOTTE ET LES INVINCIBLES, *spectacle poétique et musical avec Gianmaria Testa et Gabriel Mirabassi*, Hors série DVD, 2008.

LE JOUR AVANT LE BONHEUR, 2010 (« Folio » n° 5362).

LE POIDS DU PAPILLON, 2011 (« Folio » n° 5505 ; « Folio Bilingue » n° 193).

TU, MOI, 2011 (« Folio » n° 5207).

ACIDE, ARC-EN-CIEL, 2011 (« Folio » n° 5302).

ET IL DIT, 2012 (« Folio » n° 5671).

ALLER SIMPLE, 2012.

EN HAUT À GAUCHE, 2012 (« Folio » n° 5491).

PREMIÈRE HEURE, 2012 (« Folio » n° 5363).

LES POISSONS NE FERMENT PAS LES YEUX, 2013 (« Folio » n° 5847).

LE TORT DU SOLDAT, 2014, prix Jean Monnet de littérature européenne 2014, (« Folio » n° 6028).

LA PAROLE CONTRAIRE, 2015 (« Folio Le Forum » n° 6207).

HISTOIRE D'IRÈNE, 2015 (« Folio » n° 6275).

LE CAS DU HASARD. ESCARMOUCHES ENTRE UN ÉCRIVAIN ET UN BIOLOGISTE, *en collaboration avec Paolo Sassone-Corsi*, 2016 (« Arcades » n° 111).

LE DERNIER VOYAGE DES SINDBAD, 2016 (« Le Manteau d'Arlequin »).

LE PLUS ET LE MOINS, 2016, prix du Livre européen 2016 (« Folio » n° 6482).

LA NATURE EXPOSÉE, 2017 (« Folio » n° 6571).

UNE TÊTE DE NUAGE, 2018.

LE TOUR DE L'OIE, 2019 (« Folio » n° 6845).

EUROPE, MES MISES À FEU, 2019 (« Tracts » n° 2).

IMPOSSIBLE, 2020

Dans la collection « Écoutez lire »

LE CONTRAIRE DE UN, 2004 (1 CD).

LE POIDS DU PAPILLON, 2012 (1 CD).

Aux Éditions Rivages

ALZAÏA, 2002.

EN HAUT À GAUCHE, 1998.

REZ-DE-CHAUSSÉE, 1996.

LES COUPS DES SENS, 1996.

UN NUAGE COMME TAPIS, 1994 (« Folio » n° 5910).

Aux Éditions Verdier

UNE FOIS, UN JOUR, 1992 (repris sous le titre PAS ICI, PAS MAINTENANT, « Folio » n° 4716, et sous le titre PAS ICI, PAS MAINTENANT / *NON ORA NON QUI*, « Folio Bilingue » n° 164).

Aux Éditions Mercure de France

LES SAINTES DU SCANDALE, 2013 (« Folio » nº 5848).

Aux Éditions Seghers

ŒUVRE SUR L'EAU, 2002.

COLLECTION FOLIO

Dernières parutions

6778.	Annie Ernaux	*Hôtel Casanova* et autres textes brefs
6779.	Victor Hugo	*Les Fleurs*
6780.	Collectif	*Notre-Dame des écrivains. Raconter et rêver la cathédrale du Moyen Âge à demain*
6781.	Carole Fives	*Tenir jusqu'à l'aube*
6782.	Esi Edugyan	*Washington Black*
6783.	J.M.G. Le Clézio	*Alma*. À paraître
6784.	Emmanuelle Bayamack-Tam	*Arcadie*
6785.	Pierre Guyotat	*Idiotie*
6786.	François Garde	*Marcher à Kerguelen*. À paraître
6787.	Cédric Gras	*Saisons du voyage*. À paraître
6788.	Paolo Rumiz	*La légende des montagnes qui naviguent*. À paraître
6789.	Jean-Paul Kauffmann	*Venise à double tour*
6790.	Kim Leine	*Les prophètes du fjord de l'Éternité*
6791.	Jean-Christophe Rufin	*Les sept mariages d'Edgar et Ludmilla*
6792.	Boualem Sansal	*Le train d'Erlingen ou La métamorphose de Dieu*
6793.	Lou Andreas-Salomé	*Ce qui découle du fait que ce n'est pas la femme qui a tué le père* et autres textes psychanalytiques
6794.	Sénèque	*De la vie heureuse* précédé de *De la brièveté de la vie*
6795.	Famille Brontë	*Lettres choisies*

6796. Stéphanie Bodet — *À la verticale de soi*
6797. Guy de Maupassant — *Les Dimanches d'un bourgeois de Paris* et autres nouvelles
6798. Chimamanda Ngozi Adichie — *Nous sommes tous des féministes* suivi du *Danger de l'histoire unique*
6799. Antoine Bello — *Scherbius (et moi)*
6800. David Foenkinos — *Deux sœurs*
6801. Sophie Chauveau — *Picasso, le Minotaure. 1881-1973*
6802. Abubakar Adam Ibrahim — *La saison des fleurs de flamme*
6803. Pierre Jourde — *Le voyage du canapé-lit*
6804. Karl Ove Knausgaard — *Comme il pleut sur la ville. Mon combat - Livre V*
6805. Sarah Marty — *Soixante jours*
6806. Guillaume Meurice — *Cosme*
6807. Mona Ozouf — *L'autre George. À la rencontre de l'autre George Eliot*
6808. Laurine Roux — *Une immense sensation de calme*
6809. Roberto Saviano — *Piranhas*
6810. Roberto Saviano — *Baiser féroce*
6811. Patti Smith — *Dévotion*
6812. Ray Bradbury — *La fusée* et autres nouvelles
6813. Albert Cossery — *Les affamés ne rêvent que de pain*
6814. Georges Rodenbach — *Bruges-la-Morte*
6815. Margaret Mitchell — *Autant en emporte le vent I*
6816. Margaret Mitchell — *Autant en emporte le vent II*
6817. George Eliot — *Felix Holt, le radical.*

À paraître

6818. Goethe — *Les Années de voyage de Wilhelm Meister*
6819. Meryem Alaoui — *La vérité sort de la bouche du cheval*
6820. Unamuno — *Contes*

6821.	Leïla Bouherrafa	*La dédicace.* À paraître
6822.	Philippe Djian	*Les inéquitables*
6823.	Carlos Fuentes	*La frontière de verre.* Roman en neuf récits
6824.	Carlos Fuentes	*Les années avec Laura Díaz.* Nouvelle édition augmentée
6825.	Paula Jacques	*Plutôt la fin du monde qu'une écorchure à mon doigt.* À paraître
6826.	Pascal Quignard	*L'enfant d'Ingolstadt. Dernier royaume X*
6827.	Raphaël Rupert	*Anatomie de l'amant de ma femme*
6828.	Bernhard Schlink	*Olga*
6829.	Marie Sizun	*Les sœurs aux yeux bleus*
6830.	Graham Swift	*De l'Angleterre et des Anglais*
6831.	Alexandre Dumas	*Le Comte de Monte-Cristo*
6832.	Villon	*Œuvres complètes*
6833.	Vénus Khoury-Ghata	*Marina Tsvétaïéva, mourir à Elabouga*
6834.	Élisa Shua Dusapin	*Les billes du Pachinko*
6835.	Yannick Haenel	*La solitude Caravage*
6836.	Alexis Jenni	*Féroces infirmes*
6837.	Isabelle Mayault	*Une longue nuit mexicaine*
6838.	Scholastique Mukasonga	*Un si beau diplôme !*
6839.	Jean d'Ormesson	*Et moi, je vis toujours*
6840.	Orhan Pamuk	*La femme aux cheveux roux*
6841.	Joseph Ponthus	*À la ligne. Feuillets d'usine*
6842.	Ron Rash	*Un silence brutal*
6843.	Ron Rash	*Serena*
6844.	Bénédicte Belpois	*Suiza*
6845.	Erri De Luca	*Le tour de l'oie*
6846.	Arthur H	*Fugues*
6847.	Francesca Melandri	*Tous, sauf moi*
6848.	Eshkol Nevo	*Trois étages*
6849.	Daniel Pennac	*Mon frère*
6850.	Maria Pourchet	*Les impatients*

Composition CMB GRAPHIC
Impression Novoprint
à Barcelone, le 31 mars 2021
Dépôt légal : mars 2021
1er dépôt légal dans la collection : octobre 2008

ISBN 978-2-07-012259-2./Imprimé en Espagne.

394410